預言の哀しみ

石牟礼道子の宇宙 II

渡辺京二

弦書房

〔装丁〕水崎真奈美

〔カバー写真〕撮影＝芥川仁
〔左頁写真〕石牟礼道子の手
（二〇一七年九月十一日、撮影＝芥川仁）

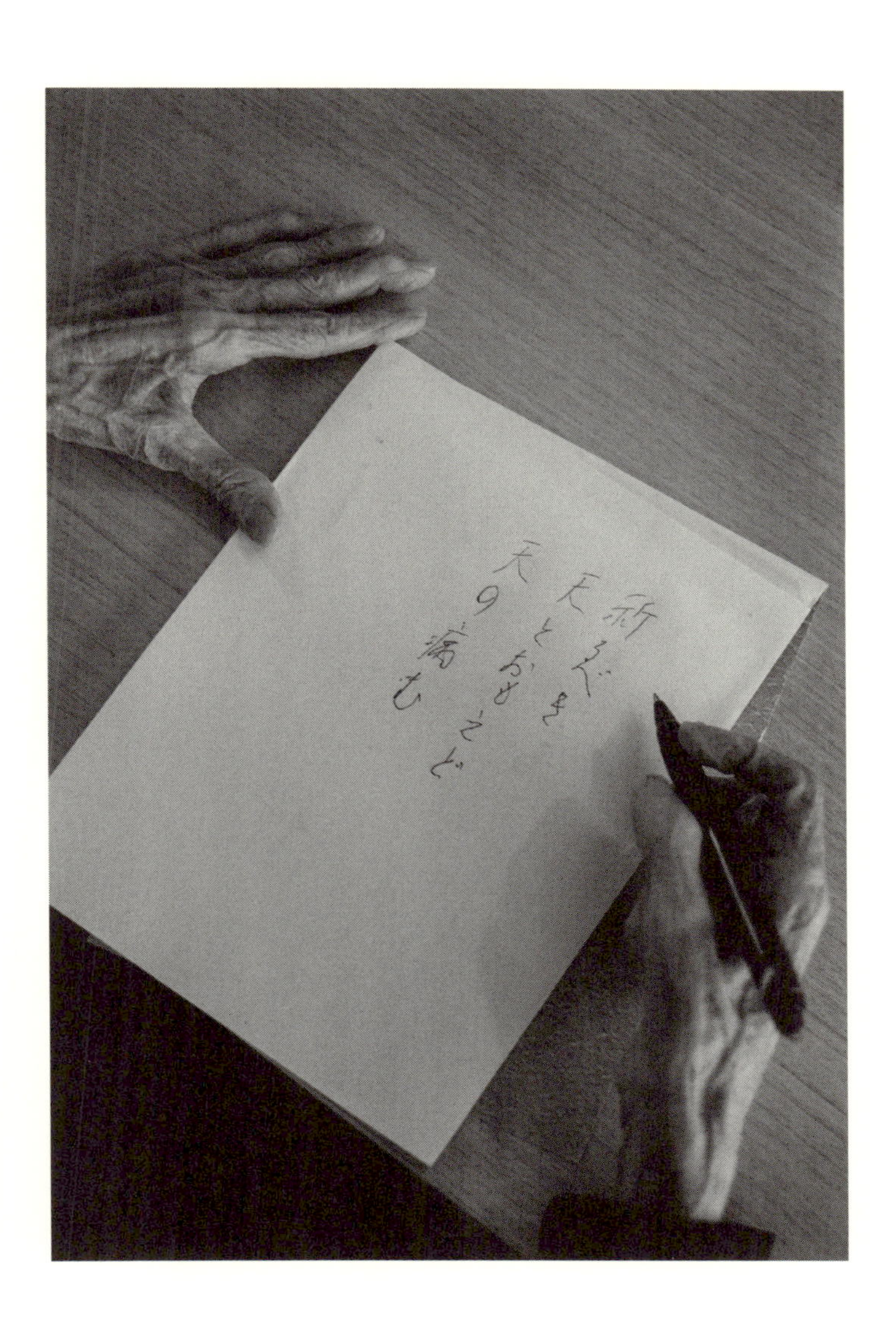
祈るべき
天とおもえど
天の病む

目次

1

2

預言の哀しみ　石牟礼道子の宇宙　Ⅱ

1

脱線とグズり泣き

黒田杏子さんが、『藍生』で石牟礼道子特集をやるので何か書けとおっしゃる。黒田さんは石牟礼さんの全句集『泣きながら原』をまとめ、大量に売り捌いて下さっていて、道子文学のより広い普及を念願としている私には恩人である。恩人の依頼を袖にするわけにはいかない。しかし、道子文学については、これまでさんざん書きちらしてきている。何か新しいことが書けようとも思えないが、近頃改めて痛感している道子文学のふたつの特質について、この際書いておければと思う。

作家には必ず創作の秘密というものがある。石牟礼道子の場合、その秘密を語るキーワードは、「脱線」であると思う。私は長年彼女の原稿を清書して来たし、いまでは手が不自由になってしまった彼女の口述を筆記しているのだが、一貫して悩まされて来たのが、この「脱線」である。文章には主題というものがあるわけだが、彼女は主題について語るうち、その過程で出現した語句なり心象なり情景に釣られて、たちまち連想作用が働き、話があらぬかたにそれてしまいがちなのである。

もちろん彼女は昨日今日文章を書き始めたわけではなく、十代からずっと書き続けて来たプロ中のプロであるから、私が注意しなくても、いろいろ書いてみた末、収まるべきところに収まるのではあるが、清書もしくはききとり筆記している方としては、ハイそうですかとそのまま書くわけにはいかず、「脱線しないでくれよ」と文句を言いたくなる。これは私だけのことではない。ときどき私の代わりに口述筆記をつとめてくれるA君も、「とにかく話が横スベリするもんだから」とボヤくのである。

これは文章だけでなく、講演もそうである。彼女は何か言いかけて、しまいまでそれを述べ切ることをせず、途中にはさまった語句につられて話が脇にそれていく、ひとつの命題を言い切らぬのである。全体的な構成としては、何とかもとへ戻ってくるのだが、個々の文言としては未完結のまま、次々と心象や心情が溢れ出てくる。文章の場合、これはヴァリアント（異稿）がおびただしく産出される原因となる。

彼女はある文章を書きだすと、それを放棄してまた別に初めから書き出す癖がある。これは書き出しだけでなく、かなり書き進んでからも起こるので、ヴァリアントがいくつも存在することになり、最終的に纏めようとすると、ノリとハサミの作業になりかねない。こうして長篇の場合はもちろん、短いエッセイの場合ですら、完成のあとには大量の書き損じが残ることになる。

彼女にはいくつか長篇小説があるが、長篇というのは、筋書きがあるわけである。ところが彼女に「今度はどんなストーリー?」とたずねると、「書いてみないとわからない」と言う。もちろんこういった世界を書こうとか、人物や場処や出来事のイメージはあるのだろうと思う。だが、筋書き、つまりストーリーとなると、あるシーンを書かないと次が出て来ない。逆に言うとあるシーンを書くと、それに引っ張り出されるように物語が出て来るというのだ。

彼女はいろんな事象・心象が溢れ返った混沌を前にしているのだろう。何か書こうとすると同時多発的にイメージが立ち上がって来るのだろう。だから極端な言いかたをすると、何をどう書けばよいか、何から手をつけたらよいかわからない。さしより、ひとつのシーンを描いてみると、あとは数珠つなぎに出てくる。数珠つなぎというと一列に整列しているみたいだが、そうではなく無数のものがひしめきあって飛び出してくる。一遍に全部言えたらどんなにかよいことだろう。だが、言語は表現となるには順序を追っていくしかない。順序を追って表現したいことを整序しなければ、文章にならない。しかし、同時多発的に舞い上がろうとするものを整序するには途方もない腕力がいる。ああ、一度に言えたらどんなにいいだろう。かくて彼女の文体は、上野英信氏言うところの「灰神楽文体」となるのである。

「灰神楽」と言っても若い人にはわかるまい。昔は火鉢というものがあった。灰を敷きつめた中に炭が燃えていて、それに鉄瓶がかかっている。湯が沸騰して注ぎ口から溢れると、灰が舞い上がる。それを灰神楽というのである。文章で言えば、イメージがどんどん溢れ、飛び散って収拾がつかなくなるのだ。

しかし、脱線するには他の事情もある。そもそも物語であれ論文であれ、ひとつの文章を仕上げるには、当然扱う対象、あるいは問題を一定の軸に沿って限定するわけである。もちろん世界内のすべての存在は関連しあっており、たがいの関係を言い立てるときりがない。そこで扱う範囲を限定し、その限定内で叙述ないしは議論して、話を無制限に拡張しないことが必要になる。近代の言説は特にこういう問題の限定的設定、関係の人工的切断の上に築かれている。しかし実在の在りかたから言えば、このような整理・分類・限定は知的な便宜以外の何ものでもない。道子文学では、物事はそのように分類・限定されていない。事象にせよ心象にせよ、どこまでも繋がりあい響きあうのである。

脱線というのは、いま取り上げている問題・事象とは無関係な事柄に話がそれてしまうことである。ところが彼女は「無関係じゃない。ちゃんと関係はある」と言う。それはそうだろう。万物は関連しあっているのだから。仏教に「縁起」という言葉があるゆえんである。しかし、ここのところ暫定的であれ、関係を一時切断して問題を限定しておかないと、言語表現にはならない。論理的思考にもならない。近代人たる私はそういう習慣をわがものにしている。ところが彼女は断乎としてそういう対象の分類・限定に従わないのである。と言うより、彼女には近代的な分類概念とは非常に異なる、いわば古代的な、レヴィ＝ストロース風に言うと野性の分類概念、つまり思考があるらしい。私には脱線に見えることも、彼女にとっては脱線ではないのだ。思考の筋道が私とはちがうのである。

私は彼女と言い合いをしていて、若い友人からとめられたことがある。「先生、やめたがいいです。先生の負けです」。彼にはすぐ分かったのだ。彼女は論点を次々と移動する。そういう相手をどうして言い負かせられようか。別に彼女がずるいわけではない。彼女にすれば、問題はみな繋がっているだけで、別に意図して話をあらぬ方へ持って行っているのじゃないのだ。私が言いたいのは、こういう喰い違いにも彼女の視野に現れている世界が、私のそれとずいぶん異なっているのが見てとれるということだ。

道子文学の余人とは異なるゆたかさのもとには、近代的な概念による世界の区分・整理とはなじまない、古代的・野性的な思考による世界の整序のしかたがあるように思える。こういう思考が彼女の中に保存され発現するのを見ると、一種の奇跡を目撃しているような気になる。ブルース・アレンさんは『天湖』を訳しての感想として、「アメリカン・ネイティヴズが書いた小説みたいだ」とおっしゃっている。近代文学の中に置いた場合の彼女の異質性、そこに彼女の新しさゆたかさがあることを、みごとに言い当てた言葉だと思う。

「ふたつの特質」と言いながら、ひとつの方にかまけて、もうひとつの方を述べる余地がなくなってしまった。『藍生』の誌面をそんなに占領するわけにもゆくまい。そのもうひとつは、彼女の文学が自然の調和や民衆の善良への賛美、ひいてはそういうものを破壊する近代技術文明への批判として受けとられ、文明的な危機に立つ人間を救済する預言者的風貌が彼女に付与されるのが最近の習わしとなっているが、そういう悲母観音風な道子像というのは虚像ではないにせよ一面的ではないかという点に係わる。

もう簡単に言っておこう。石牟礼道子という人は自分自身がこの世の寄る辺なさにグズり泣きしている幼女であって、人類の救済者などであるはずはない。彼女の視界にある世界は、自然も人間も調和から遠く、原初的な不幸、孤絶、不調和に宿命づけられている。世界はひき裂けている。そのひき裂けた世界で人間は辛うじて祈っている。このことを彼女は幼くして知った。そこから彼女は歩み始めた。最近発見されて、いろいろな媒体に発表されつつある彼女の二十歳前後の文章は、反抗的で拒絶的で、肥後弁で言えばとんでもない「ヒネゴネ屋」の、若い彼女の自我を強烈に表わしている。これは見よう真似ようの近代的自我ではなく、実はひき裂けた世界を見てしまった者の世界拒絶なのである。これは石牟礼道子論の最も重要な論点だと思う。彼女が三十代に書いた詩「花が開く」には、そういう不幸なおぞましい直覚がみごとに表現されている。この詩については拙著『日本詩歌思出草』（平凡社、二〇一七年）の中で触れているのでご参看いただけたら幸いである。

石牟礼文学の多面性

馬場純二　今日から石牟礼大学を始めたいと思います。わたしは、熊本文学隊の馬場純二と申します。天草の出身で、いまは天草高校で教員をしています。熊本文学隊は、伊藤比呂美さんの呼びかけで、東京で文学を夜通し熱く語り合う熱意を熊本にも持ち込みたいと八、九年前くらいに結成されたグループです。これまでいろんな遊びや試みをやってきて、気づいたことがありました。それは、われわれの究極の目的は、石牟礼文学を探ることだったのではないか、ということです。イメージしたのは、中上健次さんの熊野大学です。石牟礼さんは熊本でいろんな創作活動をつづけてこられたわけですけど、熊本から遠くなるほど有名になっていきます。しかし、この熊本でこそ石牟礼さんの作品をきっちり読んで、石牟礼文学の核を自分たちは探るべきじゃないか、この一点の思いから今日に至りました。

今回は、渡辺京二さんにも来ていただきましたので、石牟礼さんとこれまで一緒にやってこられた思いを聞かせていただけるのではないかと思います。会場の皆さんからもどんどんご意見をお願いします。それでは、ただいまより石牟礼大学の開講を宣言いたします。

渡辺京二　わたしは、これまで石牟礼さんについてはさんざん書いておりますし、しゃべってもおります。改めて言うこともないわけなんで、わたしじゃなくて、もっと若いひとたち、いろんなひとたちに石牟礼さんのことを論じていただきたいというのがわたしの願いです。今日は、比呂美さんに、アングルスさんに、谷口さんと、メンバーがそろっていらっしゃいますので、そういう方たちに話していただくのが大事だと思っております。

じつは、比呂美さんとは一九八〇年代の最初に会っているんです。このなかで、ぼくが一番早くから知ってるんじゃないかなあ。知り合いの編集者がたずねて参りましてバーで飲んでおりましたら、伊藤比呂美さんという詩人がいるので、いまから呼び出したいがいいかと言われまして、どうぞどうぞと言ったら電話をかけて、比呂美さんがやってきたんですね。そのときはまだ若くて、新妻ってわかりますか（笑）。バーに乳母車を押してきたんですよ。最初の子どもさんだったんでしょう。そのとき、わたしは遠慮しまして、ご挨拶した程度でお話もしておりませんでした。

伊藤比呂美　全然、覚えておりません。初耳でした（笑）。

渡辺　そうなのよ。一九八〇年代の後半になりましてから、石牟礼さんのお宅に比呂美さんがしばしばおいでになるようになりました。石牟礼さんのところには、いろんな方が来られますし、崇拝者も多いですけど、比呂美さんとは通じるものも多いと思って、歓迎いたしておりましたし、石牟礼さんにいいお友だちができたと思っておりました。比呂美さんからすれば、最初は変なじいさんがいるなあとお思いになってて、後のほうでは、あぁ、これが渡辺か、という感じだったろうと思います。最近やっと比呂美さんからお言葉を賜るようになりました（笑）。ずいぶん前から知っているんですけれど、あくまで伊藤さんは石牟礼さんのお友だちであって、わたしは最近、お目通りがかなったわけでございます（笑）。比呂美さんは、自分でもわたしは石牟礼さんに顔も雰囲気も似てるというのがご自慢ですが、それだけでなく、やはり書かれるものにひじょうに通じるものがあるお方なので、今日のような会が開かれるのもやはり比呂美さんのおかげと言いますか、有難いことに思っております。

石牟礼道子は、昨日今日、有名になったわけではない。どちらかと言うと、物書きのなかでも最初から名前が売れたひとですけれども、それはあくまでテレビとか新聞とかによって、水俣のジャンヌ・ダルクという感じで、社会的な活動をし、またそのことを文章にする、いわばルポライターのような、そういうものとして有名になったわけですね。だけど、彼女の本質は、そうしたところにはなかったわけなので、文学者、詩人としての石牟礼道子はだんだん認知されるようになり、とくに藤原書店から全集を出したいきさつもあって、最近では、若い世代の評論家たちが石牟礼さんについていい論文を書くようになりました。若いと言っても、わたしはもう八十を過ぎているわけでございますから、四十代のかたがたと言えば、わたしからすればずいぶん若い。しかし、そういう評論家たちが石牟礼さんについて書くようになりました。わたしは、もっともっと二十代、三十代のひとたちが読んで、発言をするようになっていってもらいたい。というのは、それだけ多面的な作家なんです。石牟礼道子はこれから本当に読まれるんだし、これから本当に言及されるんだというふうに思っていて、若いかたがたがもっと出てきて、うんと論じていただきたいと思います。今日はわたしはちょっと顔を出すだけのつもりなので長話をしてはいけないんですけれども、簡単にわたしが考えております石牟礼道子の文学について申し上げたいと思います。簡単にと言ってもちょっと時間をとってしまうかもしれません。

石牟礼さんは、水俣病のことを書いて作家になられました。『苦海浄土』三部作というのは、石牟礼さんの仕事のなかでもそれなりの重みを持ったひとつの傑作です。しかし、あれはたんに水俣病という社会的事件を書いた作品ではないということはお読みになられたかたがたはみんな感じておられることだろうと思います。つまり何が書いてあるのかというと、水俣あたりの片田舎に日本の近代がやってきたのは、明治でも大正でもない。昭和の初めになってやっとチッソとともにやってきたわけです。日本が近代化する過程といっても、たんに明治維新で明治新政府が近代化を推進したといったことじゃなくて、石牟礼さんが育った社会というのは、文字(もんじ)以前の社会です。つまり前近代の社会は、文字で成り立っている社会じゃない。前近代の住民たち、農民、漁民であるとか狩人であるとか、あるいはお江戸のど真ん中でも熊さん八さんにとっては、文字というのは、お役所の用いるものであって、自分たちの日常生活の世界に上からかぶさってきて、いろいろ面倒も見てくれるというわけですけれども、上のほうから制度化されてきたものでありまして、一般の庶民世界は、文字がなくても生きていける世界なんですね。

たとえば、石牟礼道子さんのお母さんは、小学校にあまり通っていないわけです。何も家が貧乏だったわけでも何でもないのですが、いろいろ理由があって通っていない。だから、カタカナ、ひらがなは読めるんだけど、漢字はあまり読めない方だったそうです。その道子さんのお母さんにとって、お役所に行くということは災難なんですね。よほどのことがないかぎり、絶対にお役所なんか行きたくない。文字は、役所のもの、学者のものである。一般庶民は、文字など媒介せず、自分の生活世界のなかで直接、自分の生活のリアリティというものと日々、交渉はしているわけでございます。そういう世界を石牟礼さんは、日本の作家のなかでは一番よく知っている作家なんです。もちろん農村、庶民出身の作家はおりますけど、それは、やはり文字の世界に成り上がっていった人々でありまして、かりに農民、庶民の出身の作家だとしても自分が出身してきた、その庶民世界は思い出したくもない、そういうものはできるだけ払い捨ててしまいたい、ましてやその世界を内在的につかんでいく、理解するというモチーフが働かない、そういう作家が多い。

とはいえ、日本近代文学の偉大な達成というものを否定するものではありません。ただ、そういう性格を持っていた。ところが、石牟礼さんという方は、生理的に文字以前の前近代の民のこころの世界、こころだけではありません、彼らがその世界をどのように感受して、どのように受け取っていたかということをまざまざと自分の感覚で再生できるひとだったんですね。

そこにチッソという形で日本の近代が水俣に乗り込んでくる。彼女が育った栄町という通り、それがだんだん町になっていく。村が町になっていく過程を自分の目で見ていく。そうすると、そこには天草から売られてきた少女たちを抱えた女郎屋もある。その女郎屋で旧制中学の学生、いまで言うと高校生くらいですが、ぽん太という少女の女郎を刺し殺すという事件が起こる。そういう事件が幼い彼女のこころにべったりついた血の色とともにしっかりと残っている。そういうなかで日本の近代というものが村のなかに入っていく様子を見る。そうすると、そこにはうめき声も泣き声もある、血もある。しかし一方では、憧れもある、喜びもある、珍しさもある。そういう近代に対して、複合した、矛盾した情念を持っている。それを抱え込んで作家となったひとですね。そういう大きなテーマが彼女のなかにある。つまり近代化とは日本にとって何であったのかということを田舎者だからこそはっきりと描き出すことができた。そういう仕事をなさったと思います。

もうひとつは、石牟礼道子は、「お化け」を見るひとなんですね。わたしはお化けは絶対に見ない。仮に存在しましても、五十メートル先からお化けが逃げるんじゃないかと思っております(笑)。たとえば、少女時代、朝起きてみたら、「くど」の前、土間にある竈ですが、そこに自分の親友が背中を向けて座っていた。何でこのひとは朝から来ているのかと思ったら、その幻はふっと消えた。その時間に娘さんは自殺していたと言うんです。彼女の作品を読んでみると、とくに『あやとりの記』などにはっきりあらわれておりますけれども、出てくる主人公は、村共同体の正常な主人公ではない、村共同体のなかでも変わり者というか、はずれたところで暮らしている、つまり山々には狐とか狸だけじゃなく、ガゴとかモマとか正体のわからないものがいっぱい住んでいるらしいんですが、そういう精霊の世界のなかにどっぷり入っていて、片足は村落の人間の共同社会のなかに入れ、片足は、そういう異界のものたち、この世と接しているもうひとつの世界につっこんでいる、そういう人物たちが石牟礼さんの作品の寵児なんです。寵児、つまり一番よく描かれている、得をしているものたちです。そういうものたちが村共同体の周辺にいて、人間の共同社会と、海山に存在する魔物の世界を媒介している。石牟礼さんはそういう世界を描いてきた。

もちろん、この世でないものを描くというのは、文字の伝統にございます。『日本霊異記』『今昔物語』以来、日本の古典文学にもございます。ヨーロッパにもございます。ドイツ浪漫派なども、この世とも思われぬあの世を憧れているわけなんです。だから、石牟礼さんだけの特徴ではない。文学というのは、この世ではない、「もうひとつのこの世」と接しているものです。生きているわれわれの世界にすぐ隣り合って、もうひとつの世界が存在している。それに気づかないだけなんです。あの世でもない、死んでからいく世界じゃないんです。そういう世界を感知する作家がいる。石牟礼さんは、まさにそういうものを感知する作家です。そういう作家は洋の東西を問わず、時代の古今を問わず存在したものですけれども、石牟礼さんはそのなかでもそのような世界を生々しく、美しく描ける作家だということ、それが彼女の大きな特徴だろうと思います。

彼女の第一のテーマとして日本の近代ということを申し上げましたが、彼女は、日本の近代を全面的に否定しているわけではありません。彼女は「お米」という文章を書いておりまして、神様から何を取り上げられると一番困るか、唐芋の天ぷらか、才能か、最後に、お米を取り上げられたらとても困るという書き出しなんですね。昔は、米を炊くのがいかに大変だったか、お米を作るのがいかに大変だったか、という鹿児島あたりの百歳のおばあちゃんの語った話になりまして、電気釜はありがたいという話になるわけですが、この話の持っていき方が道子流で、電気釜礼賛なわけですね（笑）。近代というものをけして否定しているわけではない。第一、自動車に乗ること、大好き。自分じゃ運転しないんだけど、ドライバーを徴発して田舎に行くこと、大好きなんだから。そのように近代に対してアンビバレントである。

けれども、彼女が近代に対してうらめしく、情けなく思うのは、神話が失われたということです。前近代の世界には神話があった、その神話というものがいかに大事であったか。神話というものの実態は、違う角度から光を当てたら民話になる。神話の世界と民話、フォークロワの世界というのは同じものである。光の当て方で神話になったり、フォークロワになったりする。彼女の言う、神話的な世界、これはまた一方、民話の世界では、下世話な笑い話にもなる。そういう世界を失ったんだということを彼女は書いている。

それから、彼女の作品で見逃せないのは、表現の特異さです。『十六夜橋』であるとか、『天湖』であるとか、これはいずれも長篇ですから時間の流れがあるわけで、一種の長篇小説的ストーリーを持っているかのようです。普通は、短篇は別として、中篇以上のノベルと言われる小説になりますと、ストーリーがドラマティックでなければならない。彼女の長篇の場合は、そういう話がないことはないけれども、ひじょうに単純、ひとつの長篇小説のストーリーをなすような込み入った筋なんかまったくない。ところがその単純な話がなぜ長篇になるかと言うと、皆さんが網の上でお餅を焼かれますと、餅がぷーっとふくらみますね。ふくらんだやつがさらにふくらむ、彼女の小説はそのようにできているんです。それは、彼女の講演のスタイルにもあらわれておりまして、最初にお天気の話をしたとしますと、そのお天気という言葉に誘われて、脇道に入ってそれがどんどん増殖していきます。そうしておいて、また元に戻ってくるんですね。そういうふうに彼女の小説は、部分部分が肥大しながら、あとにどう流れるのかわからないのに、何となくつながってしまうようなところがある。

さらに彼女の小説においては、語りの次元において時間が同じ、過去と現在が同じなんですね。過去というのは、現在の時間が流れていて、そこで主人公が回想して思い出して昔のことが出てくるというのがどの小説にもあることです。ところが、彼女にとって過去の時間は過去ではなくて、現存しているんです。十年前に宮崎のほうからやってきた親子連れの巡礼で、お母さんが桜の下で死んだという話がある。それは『天湖』に出てきますが、その話は、小説のなかで過去の話ではない。現在、その話が生きて働いている。過去の時間だか現在の時間だか、過去が現存している。彼女の小説の時間というのは、現存している過去と現在が織りなす時間なんです。そこは渦巻きを巻いて、星雲のような状態。たとえば、ひとつの部屋があるとしたら、意外なところに抜け道があって、そこを通って行くと、ぽこっとまた別な部屋がある、そこからまた穴があいていて、別の部屋に通じている。そのようなラビリンスです。ですから、時間、空間的に迷宮的な世界になる。フォークナーも、過去がまざまざと現在に生きて働いている世界を書いたんだけれども、フォークナーはそれを方法論的に意識して、作っている。石牟礼道子は、意識してなんて作っていない、自然にそうなる。ぼくはずっと彼女の文章を清書してきましたけど、えらい迷惑をしました（笑）。

『十六夜橋』なんていうのは、どうも人物の歳のとり方がおかしい。ぼくは、各人物ごとに年表を作りました。それではじめてわかったのは、主人公の女の子が歳をとらんわけですよ。結局は、直してもらいましたけどね。ともすると、下手なんじゃないか、小説の作り方を知らないんじゃないか、少なくともヨーロッパや日本の名作を読んできたら、もう少しわかっていてもよさそうなもんだと言いたくなる。ところが、下手なわけじゃない。彼女は、要するに何も読んでいない。日本の名作もヨーロッパの名作も読んでない。こんなに読まずに作家になったひとは、ちょっといないので、天賦の才能というのがいかにすごいものであったかということですね。

しかし、いわゆる文学少女でなくても、日本の戦前教育というものは、基本的に古語から文語から古典的な言葉をちゃんとたたきこむような教育がなされていたんだということもひとつ考えられます。彼女の小説は、世界文学のなかでもひじょうに特異である。そういう特異な構造を持っているものですから、彼女の小説は、なかなか入り込めない。とくに、小説などをあまり読み慣れていない方は、何のことかわからなくなったりして、しかも彼女の文章は、ずしりとして、軽い文章がひとつもない。ひとつひとつの文章が音楽なんです。じっくり読むと疲れるわけ。だから、彼女はひじょうに有名なわりに、本がなかなか売れない（笑）。読む者のエネルギーを吸い取る作品、文章なんですね。そういう読みにくさがあると思います。

最後に、もうひとつ、瀬戸内寂聴さんが、石牟礼さんをかわいがっておられまして、お会いになったときに、あなた、どこで勉強したの、独学なのと聞かれたというわけです。ぼくに言わせれば、勉強なんてみんな独学だと思うけどね。大学なんて行ったたって大学で教わったことなんてひとつもない。ぼくは、自分の勉強は自分でしたもんね（笑）。瀬戸内さんをそう言わせるのは、石牟礼さんは、小学校のあと、水俣実務学校（現水俣高校）という三年間しかない学校に行っただけなんです。当時は、旧制女学校というのがありまして、いいところのお嬢さんは五年制の女学校に行ったもんです。彼女は、女学校には行けなくて、紡績女工になるんだと思っていたわけですが、勉強ができるから、先生たちが惜しい、惜しいと言うので、水俣実務学校で勉強して代用教員になったわけです。だけども、彼女は、勘がいいというのか、この宇宙、世界の成り立ちは、何だろうか、文字、数字とは何だろうか、数字とは数えていけば、いつまでたってもきりがないらしい、無限にいつまでたっても尽きないということに考えがいく。それは、お父さんがちょっと哲学的な傾向を持ったひとで、そういう話を幼い道子さんに仕掛ける。だから、彼女は幼い頃からこの世の成り立ちについて考えていた。

彼女は、高群逸枝のことを書くあたりで勉強してるんだよね。そうすると、モルガン－エンゲルス学説とかダーウィンとか、そんなのが頭に入ってくる。ジュラ紀、白亜紀とか、大して知らないのにそういう言葉を使うわけですよ。イギリスが島国だということだってわたしが教えてはじめて知ったのにね（笑）。それなのに、人類史的な好奇心に満ちているから、シュメールの粘土板の文字とかマヤ王国の時間がどうとか。彼女の宇宙論は、傑作だからね。樹木っていうのは、海から這い上がって樹木になったんだって。東日本大震災は、人間が海岸線をアスファルトでしきつめてしまって、大地が息ができなくなり、そこで溜まっていた息を一遍に吐き出してしまったから、地震が起こったんだって。

そういうふうな考えですから。そういうことも含めて、彼女にはいわばポエティックなコスモロジーがあるんですね。そういうものを持っていますから、彼女の文章は、一面ではひじょうに古典的であるけれども、日本近代文学としてはかつてない異様な文章になっています。

ちょっと一例として朗読させてください。『苦海浄土』の第二部に出てくる文章です。

不知火海は光芒を放ち、空を照り返していた。そのような光芒の中を横切る条痕のように、夕方になると舟たちが小さな浦々から出た。舟たちの一艘一艘は、この二十年のこと、いやもっともっと祖代（おや）々のことを無限に乗せていた。それは単なる風物ではなかった。人びとにとって空とは、空華（くうげ）した魂の在るところだった。舟がそこに在る、という形を定めるには、空と海とがなければならず、舟がそこに出てゆくので、海も空も活き返っていた。

こんな文章を書いたひとは、日本の近代文学者には一人もいない。名文というだけではありませんよ。名文を書いた近代文学者は、たくさんいます。こんな一種の人類史的な射程を持った、哲学的な抒情の文章を書いたひとは、一人もいない。この文章ひとつとっても、たんに村の浦から舟が出ていくことを、長い人類の営みのなかの一こまのように描いている。こういう感性は、特異なものであり、貴重なものだろうと思っています。長話をいたしましたが、今日わたしは、足もかなわん、手もかなわん、口調は石牟礼道子調でしゃべっておりますが（笑）、ぼくが言いたいのは、彼女は、ひじょうに古いものを受け継いでおります。ガルシア・マルケスなどに似ているとおっしゃる方もいますが、そういう面もあるでしょう。彼女の文体、というより、ある種の情念ですね。日本の中世末期の物語に似ている。説経節というのがありましたけど、説経節に近いものを持っている。じつは、伊藤比呂美さんも説経節が大好きで、伊藤さんが書かれるものも、説経節的な情念をひじょうに強く持っていらっしゃる。こういうところで、石牟礼さんの友だちに伊藤さんがいらっしゃることを心強く思っているわけです。

土屋恵一郎さんという、明治大学の先生で、「橋の会」を主宰して能を上演していらっしゃった方の依頼で、「不知火」という能を書いたんですが、土屋さんが、こんな力のある新作能はないと言うんです。ひじょうに力が入っていて、生きていると。能の形式としてみたら、彼女は勉強してないから、破れかぶれのものなんですね。だから、上演するときは工夫が大変だったらしいです。そういうふうに、日本も伝統的な古典を受け継いでいると同時に、ひじょうに前衛性も持っている。世界文学のなかでも、ジョイスやフォークナーのやったことを知っているんじゃないか、じつは知らないんだけど、それに通じるような、というのは、表現の仕方が常識をはずれているわけですね。そういうところから思わぬ前衛性が出てくる。

彼女自身は、村共同体では生きていけないひとなんです。だから、やはり近代人なんです。一人という気持ちがひじょうに強いひとです。「御身の勤行に殉ずるにあらず、ひとえにわたくしのかなしみに殉ずる」。そういうふうに、やはり近代女性としての意識の強いひと、古典性と近代性というものの一種の総合が彼女のなかで実現されていると思います。彼女はそういう多面性を持っている。いまわたしがお話したようなのは、ひとつの捉え方です。これから若いかたがたが、多面的に石牟礼道子を論じる。現にそのようになっている。そのことをわたしは、喜びますし、また、期待したいと思います。

どうもありがとうございました。

伊藤　最初に言われた、最近になってやっと京二さんが目に入ってきたというのは、本当なんです（笑）。申し訳ないなと思っているんですけれども、何しろ石牟礼さんのことしか目に入ってなかったものですから、何回も京二さんにご飯を作って食べさせていただいてやっと、あ、京二さんがいる、という。知ってみたら、素晴らしい方で。今日は、いろいろと疑問だったことを、ひとつひとつ解説していただいた感じです。

説経節、わたし、ここ数十年来こだわってきました。荒削りなんですけど、詩の原型がそこにある。少なくともわたしが目指してきた詩というのはこういうものだったかなと思う。いま、お経に興味があるのも、その語って歩いたところや、核にひとの生き死にと信仰があったところに惹かれているわけで。たしかに、そうですね。石牟礼さんのお書きになるものは、まさに現代の説経節です。

異界を見る、お化けを見るひとだとおっしゃいましたが、これは、ピュアなお化けとして考えていいんでしょうか。それとも共同体に入れなかったひとたちをお化けとして捉えたんですか。

渡辺　実際に見るんですよ。彼女は、熊本で仕事場を転々としたんですけど、一時期、健軍商店街のちょっと入ったところにある木造二階のアパートに三カ月くらいおられたことがあるんです。そこで、向こうの壁から夜になるとお化けが出てくるのよっておっしゃる。いやだとか、こわいというのじゃないんですよ。そういうお化けが何であるのか、自殺する前の友だちが竈の前に座っているのを見たというのは事実ですし、いろんな幻覚を見るひとであるというのも事実です。それから、夢遊病者なんです。うちの娘がはじめて旅行先で石牟礼さんと一緒に泊まったとき、夜中目が覚めたら、石牟礼さんが起きて中腰で座っていて、何か前にいるようなものにこんこんと長いあいだ言い聞かせているんです。前にいるのが、人間なのか、犬なのか、猫なのか、それもわからない。それを相手にずっとしゃべっている。このひとはただのひとじゃないと思ったと娘は言っています。

それから、リヴィア・モネさんというモントリオール大学の先生が、長いこと石牟礼さんのところに通ってきて、このひとは、ユダヤ人で九カ国語をしゃべるんですね。石牟礼さんの作品を英訳して出してくださったんですけど、モネさんが石牟礼さんのところに泊まりましたら、夜中じゅう寝言で誰かとずっとしゃべっていたらしく、翌朝起きて「おもしろかったー、道子さん」と言ったことがありました。そういうひとですね。ある晩、筑豊炭坑の夢を見たらしい。炭坑には「狸掘り」と言って、狭いところに入って掘っていくところがあるんですが、何のことはない、実は夢遊病者のように、座卓の下に潜って端から端まで行進していたんですよね。何か存在の奥にあるものを感知するセンサーが彼女には付いているのだろうと思います。

ジェフリー・アングルス　いまのお化けの話を聞くと、同じ九州に生まれ育った作家、高橋睦郎さんの話を思い出します。熊本県ではなくて、福岡県直方市のはずれにある、素朴な家で幼い頃を過ごしたんですね。高橋さんは一九三七年生まれなので、石牟礼さんとほぼ十歳違いですが、共通点がいくつかあります。自叙伝の『十二の遠景』で美しく描かれているように、高橋さんは石牟礼さんと同様、幽霊や神々がいつも近くにいると信じていました。つまり、生者と死者を隔てる境界線がなくて、死んだ親戚などが頻繁に戻ってきたり、見守ったりしてくれる信仰がありました。やはり、そういう信心はかなり最近まで九州の田舎のあちこちに残っていたようですね。渡辺さんがおっしゃったように、近代化は比較的に最近、九州の田舎にやってきて、もうすでにそこにある世界観の上にかぶさったのでしょう。高橋さんの文学にも、石牟礼さんの文学にも、神話的な要素と死者との交流が多いのは、それに根ざしているからだと思います。二人ともいつも死者の声、歴史の声に耳を傾けています。

伊藤　京二さんが具合が悪いから途中で帰るかもしれないっておっしゃるから、どんな形でも対応できるように、ハラハラしながらここまで来ました。ほんとにありがとうございます。ここで他のみなさんにもお話をうかがってみたいと思います。

谷口さんは、近代文学の研究者で、熊本のあちこちの大学で教えていらっしゃいます。石牟礼さんについての論文も書いていらして、「橙大学」でも石牟礼道子の回を担当しました。谷口さん、お願いします。

谷口絹枝　いまのお話で残っているのは、石牟礼さんの文学のなかに、古典性と近代性が混合して実現しているということです。これまで石牟礼さんの作品をずっと読んできていて、まさしく村共同体の集団としての声を描きながら、その芯になっているのは、石牟礼さん個人としての声なのかなという感覚に襲われてきました。それが近代文学のなかでは、ひじょうに特異であって、そのあたりからつっこんでいけるかなという気が少しあったので、そのことがヒントになりました。

アングルス　あれ。困りますね。ぼくの言いたいことは渡辺さんにも谷口さんにも全部言っていただいたような気がします（笑）。でも、渡辺さんにお尋ねしたいことがあります。ちょうど『天湖』という小説を読み終えたところで、素晴らしい、スケールの大きな作品だと思います。実は、『苦海浄土』が石牟礼さんの最高傑作だと言うひとが多いですが、ぼくなら『天湖』にするかもしれません。近現代文明による自然環境と生活の破壊を描きながら、伝統の再発見による精神的な安らぎを描写していて、ひじょうに美しい小説です。読んでとても感動しました。しかし、ひとつ気になったことは、そのなかに、近現代的な文明とそうでない、それ以前の文化がかなり二項対立的な関係になっていて、新しいものはすべて悪い、古いものがよかったというふうに読めるようなところがあります。つまり、その二項対立は極端すぎるかなと思うことが時々ありました。いま渡辺さんのお話をお聞きすると、本人はそうじゃないということをおっしゃったんですね。車に乗るのが大好きだそうですが、石牟礼さんの現代文明に対する態度について、もう少し詳しくお聞きしたいのですが……。

渡辺　いまジェフリーさんがおっしゃった、いわば近代と前近代を対立させて、かつてはよかったという二項対立の傾向が認められると言うのは、その通りですね。彼女の書くものには、理屈と言うのか、そういう面では出てくるんですけれども、一面では、彼女は、村共同体のなかでは生きていけないひとなんですよね。一九四七、八年頃、結婚するとき、普通は簞笥とか何か持っていくんですけど、彼女は、家が貧しいから、何を持っていったかと言うと、おじいさんがいろいろ集めていた和紙を持っていった。あすこの嫁は、紙を持ってきたと評判になったというわけです。つまり、書きたい、本を読みたい、新聞を読みたい。そうすると、小姑たちがいっぱいいて、こんどきたうちの嫁が新聞、読みなはる、本、読みなはる、というわけですよ。つまりそういう世界のなかで彼女が文学に目覚めて、何か書きたいというあり方が、異端になってしまうわけですね。彼女自身、ああいう性格ですから、一人になりたい。作家というのはナルシストですからね、比呂美さんもほめられるの好きでしょう（笑）。彼女もほめられるのが大好きなんだけど、一方では、一人になりたい。押し入れに隠れていたい。訪問客があって、「石牟礼道子は留守しております」と言ったというのは有名な話。村共同体というのは、そういうのを許さない社会だから。個としての自覚があって、村のなかにはいられなかった。
もうひとつ、チッソがきて町になっていくということは、大変な災厄だったんだけど、はじめは、そうじゃなかったんですよ。チッソがきて、うきうきした気分になった。都がやってきたという感じで、いろんな近代がもたらした馬車だとか、新しい事物が珍しいわけ。そういう心理が一方にある。さっき電気釜のことを話したけど、嫁が米を炊いたあとにお釜、これを地方じゃ羽釜と言うんですけど、底についた煤を洗うのがいかに大変だったか、だから電気釜はありがたいとか、そういうことを書いている。

アングルス そうですね。電気釜って、本当に便利ですね（笑）。

渡辺 だから、近代というものが、自分自身にとってというより、人々、村のひとにとって与えた恩恵、それがやはり文明であったことは認めている。だけど、その代償として失ったものがある。彼女の二項対立的なもの言いが強くなっているのは、二十世紀も終わりに近づき、新しい世紀になって、環境の人工化というものが極度に進められる時期になってきたから、彼女のもの言いも極端になってきたという面があったと思います。

アングルス なるほど。石牟礼さんの思想に、そういう変化があったわけですね。

渡辺　彼女には、左翼的なところもありまして、新聞社でも出版社でも左翼文化のひとたちには、モテモテの面があるわけです。また、近代批判というのは、ステレオタイプになりやすい。だけど、ぼくはそういう石牟礼道子の言っていることは、いい加減に聞いてるんです。石牟礼道子の本領は、そんなところにはない。同じ近代批判であるとしても、作品のなかに出てきている前近代の豊かさ、失ったもの、そのように作品がおこなっている近代批判が大切で、彼女のエッセイ的な言説になるとちょっとステレオタイプになることもあるんだと思っております。

伊藤　わたしなんて、東京の裏町の裏通りの路地裏の出身です。そこには近代に乗り遅れたような貧乏人が集まってきて住んでいる。そういうところの人々の意識というのは、他人に酷薄で、子どものときはそれがすごく嫌でした。そこでは生きにくくって熊本に逃げてきた。熊本でも生きにくくなってアメリカに逃げた。いつもわたしは共同体から逃げた、押し出されたという意識がすごくある。ある意味、この熊本文学隊って集まりだって、共同体に生きにくい人々のアサイラムと感じてます。石牟礼さんの作品を読んでいると、その前近代の共同体がじつに美しく描かれている。わたしにはどうにもそれが納得できなかった。石牟礼さん本人は、どんなふうに感じていらっしゃるんでしょう。石牟礼さんが共同体に受け入れられてるとはとても思えない。何であんなに美しく描けるんですか。

渡辺　それは、ちょっと考えようね（笑）。庶民の世界で生きていけるひとではないんだが、周りのおじさん、おばさんの話に、精霊の世界が出てくるわけでしょう。そういうものに惹かれたことと、村のなかは、ものを作る社会だから、お百姓はものを育てる、米を作る、これが大変な仕事なんだけど、大変なだけではない。米、野菜、ものを作る喜び。それは、ひとつ美的な感情の対象にもなりうる。鍛冶屋さんなら鍛冶屋さんの仕事は、じつに面白い。そういう生産の世界、近代化された工場でない、庶民たちが鍛冶屋さんだったりお百姓さんだったりして、そこに自然と交渉して作っている世界、それが具体的に魅力があったんでしょうね。そういう生活を営んでいるひとたちは、共同体を作っている。その共同体のなかでは、いろんな噂があり、営みがあり、それはよく知っている。その世界では、彼女は生きていけない。ところが、彼女は、庶民のなかに仏様みたいなのを見つけるわけだよ。自分のお母さんがそう。ひとの悪口は、絶対言わなかったひとで、ひとがいっぱい集まると、ひとの悪口になるんだけど、そういうのも嫌な人だった。あとで語り部になった杉本栄子さんは、わたしは水俣病になったことを感謝している、病気になったことによって見えてきたものがある、と言ったそうですね。庶民世界には、そういうひとがいるわけです。

伊藤　自分は、その共同体のなかに入りきれなかったけど、そこにある種、宗教的な気持ちも込めて、そういうひとたちを見つけてきた。それで、自分のイメージのなかにある共同体というものを純化していった？

渡辺　いや、純化されるわけじゃない。だから、「もうひとつのこの世」なんだね。彼女が患者と一緒にやったのは、そういう世の中の迫害を蒙ってきた患者たちは、本当に苦しい思いをしたから、それこそ親兄弟のように本当の共同性を持てるのではないかと考えたんですね。

伊藤　京二さんのおっしゃる「もうひとつのこの世」のイメージがあるじゃないですか。これって、ファンタジーみたいな。

渡辺　ふたつの意味で使っているんです。さっき言った「もうひとつのこの世」というのは、冥界、幽界というときのこの世なんだけど、石牟礼さんが使った言葉としては、患者とともにある共同的な世界が実現できるんじゃないか、現実の村共同体では実現できないような、真実の結びつきができるんじゃないかと幻視したわけです。そういう幻視というのは実際には、運動のなかで砕け散ってしまった。砕け散ってしまったが、最後には、杉本栄子さんや緒方正人とか、何人かの聖なるひとと言いたくなるような人格を生み出した。そういう人格を見い出したことのなかに、やはり彼女は、自分が望ましい庶民像、ある幻像を見つけていったと思うんですね。だけど、そういう幻像というのは、たまたまそのひとに実現しているだけであって、ある共同体として実現するわけじゃないということはよくわかっているわけです。

伊藤　よくわかりました。石牟礼文学を読む上で、そこが一番気になっていたところでした。

『椿の海の記』讃

『椿の海の記』を久し振りに読み返した。何度目だかわからない。この人の作品はある時期から、成立段階において大部分清書し校正しているので、本になった時が一度目の読了ということになる。これはまるまる一冊の本を筆写するのとおなじで、読書としては最も精密、最も濃厚な経験ということになるだろう。彼女の作品とはそういう関わりかたをして来たので、本になったあとは再刊や文庫化の際「解説」を求められた時以外、改めて読み返すということもあまりなかった。『椿の海の記』を読み返すのも、ひょっとすれば刊行後初めてのことではなかったか。

一読して私は打ちのめされた。これほど圧倒的な傑作であったのか。彼女の代表作は何と言ってもまずは『苦海浄土』ということになるかも知れぬが、代表といっても彼女の何れかの面を代表しているわけで、『あやとりの記』だって『天湖』だって、ある視点からすると彼女の代表作たるを失わない。だが、人類滅亡の日に人類の創造物の精髄を集めたカプセルが作られ、どこかで永久保存させられ、ゲーテだってシェークスピアだって一作しか収納が許されないとすれば、石牟礼道子の場合その一作は『椿の海の記』でなければならぬと私は信じる。

この作品についてまず言われねばならぬのは、石牟礼道子という魂のすべてが語られているということだろう。育った家系、家庭環境についてはいうまでもない。祖父母松太郎・もか、父母亀太郎・春乃、弟一(はじめ)、春乃の亡き兄国人、春乃の妹はつの、さらには松太郎の姉妹、松太郎の「権妻どん」おきやなど、のちの長篇『十六夜橋』をはじめ数々のエッセイによって何度も語り直される一族が、初めて打ち揃って登場するのがこの作品なのである。そのうち最重要人物が狂えるもかであるのは言うまでもない。

作者自身は小学校入学以前の三、四歳の幼女として登場するが、肝心なのは初めて世界が自分の前に開け、自我の中核が形成されてゆくこの時期が、彼女の場合、人間以前の森羅万象の世界から「人の世」が立ち顕われる分離過程として在ったことである。赤ん坊とは「世界というものの整わぬずっと前の、ほのぐらい生命世界と呼吸しあっている」のであり、「ものごころがつく」というのは、「人間というものになりつつある自分を意識するころになると、きっともうそういう根源の深い世界から、はなれ落ちつつある」ことを意味する。

このような分離としてひとの世が在るという感覚が成立するためには、自分もそのひとつの要素として包摂してくれる根源的な実在世界の感得がなければならない。『椿の海の記』は幼女の前に世界が全面的開花する様相を描き切ることによって、世界にも希な作品となっているのだ。春には春の花、秋には秋の花を全山開花させて、「紗をかむったようにゆらめく」山野を前にして、幼女は「ある種の悶絶」におちいる。「それは早すぎる官能の告知ともいうべきで、空のはたてに離魂しているような酔いからようやくさめて、とんびにさらわれたような目つきになって帰るときを、たぶん、ものごころつく、というのでもあったろう」。

山野だけではない。海や川があり、そこにも様々な生きものをひしめかせながらせり上がる形象があった。ゆたかすぎる世界なのである。小児の前に現われる世界の根源的な生命の様相を、しかもその豊麗な世界から「人の世」が分離してゆく悲しみを、このように惑乱的入魂的に描き切った作品は、日本近代文学にはそれまで存在しなかった。世界文学とて同様であろう。このような存在と分離する意識の悲しみは、かえって東西の古代詩や古代説話のうちに見出せるものなのかも知れない。石牟礼の作品の奥深さはまぎれもなく、古代中世の精神世界につながっている。

このような世界を直接関知する以上、言葉とは「符牒にすらなら」ぬ「不完全な約束ごと」で、「本能的に忌避」すべきものとしてある。これも石牟礼のすべての作品に通底する嘆きである。それはまた「数」というものへの恐怖につながる。幼女は数というものが幾億幾兆数えても終わりがないと父に教えられ、「おそろしくて絶句してしまう」。存在の根元にはたどりつけないのだ。このような「数」への恐怖を語った箇所が、日本近代文学に、いや範囲を世界文学に拡げても在っただろうか。数ばかりではない。世界は常に「もどかしいようななつかしいような、せつな」いものとして幼女の前にある。

すべては幼少期に形づくられたこの詩人の感覚の特異性に発すると言ってよい。そう言うしかない。むろんここに描かれた作者の幼少期の再現には、この作品執筆に至るまでの作者の全経験が忍びこんでいることは疑いないが、それにしてもこの特異な感受性はたしかに、彼女の「みっちん」時代に形成されたのであろう。その特異さは何げない叙述、雨雲が町を覆うと「音の抜ける上空がなくなって」、「中空（なかぞら）あたりに、地上の音のさまざまを吸収して、再びそれを地上に下ろすしかけが懸るら」しいという叙述にもみてとれる。言われてみると何と適切な表現だろう。こういう事象の把握・記述・描写の特異性は、それこそトンカラリと繰りだされる糸のように、息が長く屈曲する文体とともに、彼女の天才の最も見やすい事証と言ってよい。

一方、幼女の眼は「人の世」の「凄惨」にも開いてゆく。松太郎の「権妻どん」おきやさまはみっちんが訪ねれば、よく来なはりましたと、鯛茶飯を作ってくれるやさしい婆さまである。しかし親類の年寄りや近所のおかみさんは、「けだもんばい。おもかさまを、あのような目に遭わせ申して」と罵る。「天地の間にゆくところもなさそうな、めくらで神経殿（どん）の、祖母の姿もあわれのかぎりながら、身じまいのよい『おきやばん』にも、わたしはことに煩悩かけられて、可愛がってもらっていて、そのひとが畜生の化身だと聞かされては（中略）、この世は凄惨で息をのまずにはいられない」。

その「凄惨」の諸相は、幼女の家の先隣り、女郎屋の「末広」に売られて来る少女、そのひとりポンタの死、いつの間にか官憲に引っ立てられて姿を消したハンセン病の徳松一家、為朝神社に願かけて川に浸って「寒行」をするハンセン病患者たちといった形象に端的に現れるばかりでなく、もっと日常的な、「末広」の「淫売」たちや狂女のもかに対する女たちの悪意のこもらないでもない取り沙汰に、「リトマス試験紙」にかけたように現われる。「大人たちは常にどこでも反応を示していた」。その反応のうち、ある種のものもこの「人の世」の凄惨なのであった。

しかし、「意識のろくろ首」のようになって見渡している幼女の前に現れたのは、このような凄惨のみではない。そこに顕現したのは、農事・民俗・伝承をふくむ前近代的なムラ共同体の実相であって、農山漁村の住民の生活世界をこのようにゆたかなものとして描出・記述したのは、長塚節の『土』をはじめとする農村小説を含め、日本近代文学はむろんのこと、農村社会学の調査・研究など日本の近代学術にも皆無だったのである。それはむしろ柳田国男の著作や、宮本常一の『失われた日本人』や『家郷の訓』などが叙述しようとしたものと非常に近い。もし柳田がこの作品を読んだら、何と言ったことだろう。彼の孤独は癒されたにちがいない。

日本人の農山漁村における基礎的な生のありようは、これまで学者や文学者によって外から観察されたのであり、その住民は「調査・研究」の客体的対象にすぎなかった。ところが、彼らのうちのひとりの女性が、初めて彼らの生活と意識の内実を、ひとつの文学作品として表現した。学者や文学者、つまりは近代知識人によって外からのぞきこまれ、あれこれと研究・論評されていたこの国の基層にある民が、私たちはこういう世界に生きているのですよと初めて自己表現をした。『椿の海の記』はそういう画期的意識をもつ作品であって、だから私は石牟礼道子の作品からひとつ残せと強制されるならこれを選ぶというのだ。

この作品で明らかにされた基層の民の心意世界の特徴のひとつは、異界のものたちへの触知感である。山の神が春の彼岸に海へくだり、秋の彼岸にはまた山に登るというのは、民俗学が早くから明らかにして来たことであるが、深夜村人たちが声をひそめて「夜さりになれば、ひゅんひゅん、ひゅんひゅん鳴いて、もうあのひとたちの団体組んで下らすとの、賑やかなもんばい」と語るとなれば、民俗学が与えられぬ実在感がくっきりと浮き出る。
山の成りものを採るときは、山の神さんにことわりを言ってから採れと父親は教える。母親は「山に成るものは、山のあんひとたちのもんじゃけん、もらいにいたても、慾々とこさぎ取ってしもうてはならん。ひかえて、もろうて来(け)」と教える。山のあんひとたちとは狐や兎やカラスのことなのである。山にはむろん「多々良のタゼ」とか「もたんのモゼ」とか、妖怪がいる。民俗学はこういう異界のものたちの存在を、それにまつわる挿話まで含めて報告している。だが、こういったものどもが、人びとの心意の中でどのように生きているかということは、石牟礼の記述によってこそ得心させられるのだ。

「みっちん」は栄通りという、新開の商店街で育ち、祖父の事業が破綻したあとは、猿郷という山里へ移るのだが、栄町という地方都市へ資本が入りこむ過程で生れた猥雑な街並みにしても、ムラはこのようにしてマチになってゆくのかという、いわば田舎の近代化の土俗くさい過程が、まるで廻り灯籠のように鮮やかに繰りひろげられる。この通りの朝は、近辺の漁民部落からは女籠をかついだ魚売りの女房や、山からは花柴売りの女房の呼び声で明けるのである。

村々には岩の割れ目から湧き出す水を溜めた井川というものがある。猿郷の山の井川を管理している婆さまは、井川を汚すものがいれば「どういう躾ばして貰うて来たや。かかさんな誰かい」と罵り、罵られた方は「母さんの悪口まで云われた」とこぼすことになる。

村には寺というものがある。また地獄極楽の見世物もかかる。寺の坊主の説教、見世物の口上を作者は再現してみせる。実にかくやあらんという説教であり口上であって、私たちは作者の語りの才能に一驚する。こうまでお手本のような説教や口上は、書こうと思ってもなかなか書けるものではない。つまり、作者には村々に伝えられた語りものの技巧が完全に伝承されているのだ。語りだけではない。人々の会話のユーモラスな面白さといい、含蓄、ニュアンスの多様さといい、紋切型の農民言葉で書かれた「農民文学」などが絶対表現し切れなかった田舎の会話のゆたかさが見事に再現されているのだ。これも作者に田舎言葉（方言）のレトリックが完全に伝承されているためである。

いろんな習俗の中でも雨乞い行事の記述がすばらしい。雨乞い行列は部落ごとに出る。そしてコンクールみたいにもなる。ドラ（大太鼓）と鉦の音が「ずず、くゎんくゎん」と表記されるとき、読者は完全にこの音を耳にする。

しかし、ムラの生活の核心は実は農作業にあるのだ。農作業はむろんしんどい。従来の農村文学はこの点を強調して来たし、作者もそれを述べてはいる。だがそれよりも、農作業とは作物との関わり、もっと広く言って大地の上に育つものとの関わりであり、それこそ作者が腕によりをかけて表現しようとしているものなのだ。穀類や野菜など、ひとつひとつの作物、その育てかたについての微細な描写を見よ。村人の生き甲斐がこのような作物づくりにあることを、これほど具体的に描いた作品はない。作者の母親の春乃が示す大地とその上になるものへの親愛は、農作業とは何かについて最も本質的なことを語っている。すなわちそれは大地という生命体と人間との交歓・共働なのである。春乃は引き抜く雑草に対しても挨拶せずにはいられない。作物は収穫されればむろん料理される。団子類をはじめ、ムラの料理がこのように多彩に語られたのは空前絶後のことではあるまいか。

『椿の海の記』が描き出した、一言で言えばむかしの村人たちの世界はかくも多彩であり豊饒であった。それはいまや喪われた世界であることは言うまでもない。むろん海や山はいくぶん損われたかも知れないが現存している。ただ、そういう「自然」を広大かつ微細な生命として感受する心が衰弱し喪われた。従ってこの作品は、世界がかっていかなるものとして人びとの前に現れたかということについての、二度と表出されることのない証言というべく、そういうものとして替るもののない価値をもつ。私はただそのことが言いたかった。

『十六夜橋』評釈

石牟礼道子は生涯九つの長篇を書いている。『苦海浄土・三部作』『西南役伝説』『椿の海の記』『おえん遊行』『あやとりの記』『十六夜橋』『水はみどろの宮』『天湖』『春の城』がそれである。これらを小説と呼んでよいだろうか。このうち『苦海浄土』と『西南役伝説』は記録文学、いわゆる聞き書きとみなされて来たし、『あやとりの記』『水はみどろの宮』は掲載誌が児童文学誌であったことからしても、児童向けファンタジーと分類するのが常識かも知れない。だが、そのような分類は、それぞれの作品の内実・構造・文体を感受・分析するとき意味を失う。彼女の作品はすべて同一の表現レベルで書かれており、二〇世紀文学がそうであったように、いずれも小説概念を拡張するものとして存在している。つまり、記録も児童向きもありやしない。みんな同一次元の小説なのだ。

石牟礼道子の作品を小説と称ぶとき、『天湖』『春の城』のようなまぎれもない小説である場合にも、何か近代文学の形づくって来た小説概念をはみ出す異形性を感じる。というのは彼女の「小説」には、小説の特質とされる時間的にリニアーな物語性が欠如している、もしくは著しく希薄なのだ。そして、そういう彼女の特質こそ、実はフォークナーやマルケスに通じる意識せざる前衛性に通じるのだが、『十六夜橋』はロマネスクな物語性に富む点で、彼女の全作品中最も古典的に「小説的」であり、その点で彼女の全小説群中異彩を放っている。いわば常識的な「小説」の概念に最も近く、そういうものとして最も完成度が高いのである。

この小説の登場人物は、直衛・志乃夫妻は彼女の実祖父・祖母である松太郎・もか、国太郎・お咲夫婦は実父母の亀太郎・春乃、お咲の兄の樫人は春乃の兄国人、お咲の娘綾は著者自身といったふうに、著者の家庭の構成をそのままなぞっている。各人物の個性にせよ、直衛の事業を中心とする家庭環境にせよ、多少の理想化・美化はあっても、祖父の事業破綻による一家没落以前の状況がほぼその通り再現されていると見てよい。

これらの一族はすでに『椿の海の記』に打ち揃って登場していた。しかし『椿の海の記』においては、栄町時代にすでに事業が傾き、猿郷時代は赤貧のどん底にあり、松太郎の事業の最盛期の栄華は、作者が生れた頃、松太郎の「一番あねさまのお高さま」が、「毎日『四つ足の牛』のしもふりの身を島原からとり寄せて、請負土方の大家族たちが、祭のように大酒呑んで暮らしている」有様に立腹したという一節や、「夜ごと夜ごとに人夫衆に、灘の生一本を四斗樽でとり寄せて、下魚は食わぬ主義の酒宴を、湯水を流すようにふるまいつづけて、今思えば、夢のような空おそろしいような暮しじゃった」というはつのや春乃の回想によって偲ばれているにすぎない。松太郎その人についても、すでに『椿の海の記』で「人は一代、名は末代」という損得抜きの名人気質や、「死ぬまで一生白足袋を脱がず、牛肉ならしもふりの赤身だけ、衣服も家の諸道具も、食べもの、酒茶、みな島原から取り寄せる式で、青魚の類を下魚と称んで食べなかった」暮しぶりがすでに活写されていたけれども、『十六夜橋』においてはそれが一段と格の上った「見てくれのような反り身の構え」ととらえ直されている。

　つまり実在の吉田家と、その家長としての松太郎よりも、『十六夜橋』の萩原家、その家長である直衛はかなり品よく格上げされている感が強い。直衛は実際の松太郎よりはるかに堂々たる、まるで江戸か大阪あたりの大旦那になっている。これは『椿の海の記』には一切出て来ない、長崎における直衛の暮しぶりが描かれているせいもあろう。作者は松太郎の長崎暮しについては一切知らぬはずで、つまりこれは彼女が想像する「長崎における松太郎」なのである。私がいまくどくど言おうとしているのは、『十六夜橋』が『椿の海の記』のかなり実録風な一族物語を枠組として使いながら、次元の異なる仮構の物語として昇華されているということにすぎない。でも、これは重要な一点である。彼女は『椿の海の記』を書いているとき、自分が「小説」を書いているとは意識しなかったに違いない。しかし『十六夜橋』はまさに「小説」として意識して書かれている。

そのことを最もよく示すのが、『椿の海の記』のもかと『十六夜橋』の志乃の違いである。むろん志乃の原像はもかではあるが、作者は祖母もかの発狂以前のことはもちろん、発狂の事情についても知らない。もかはもともとどんな女だったのか、なぜ狂わねばならなかったのか、そう問い詰めたとき成立したのが『十六夜橋』の志乃像である。志乃像が現実の老狂女もかのもつ諸特質をもととして、遡上推定されたものであることが確かだが、推定は自由を伴うプロセスであって、作者は単にもかは若いころにはこうだったろうというのではなく、自己自身の存在感覚を重ねた女人像を自由に創り出すことができた。『十六夜橋』とは何よりもまず志乃物語であり、そうであることで作家石牟礼道子の中心主題の表出でありえている。

志乃はなぜ狂わねばならなかったのか。妻をなくした直衛の後妻として萩原家に嫁入りしたものの、姑のぬいは「うちの嫁は世間の毒に当っておらんで、子を産んでも、まだ花ままん事の続きでな」と志乃をいとしがり、彼女が失踪するたびに「片手をひらひらさせて、花摘みに行かるわな。直衛がゆけば逃げらるるけん」とて、従兄弟たちに探しに行かせるのだった。志乃が機織りの技にたけているのも自慢だった。こんなによい姑のもとで狂わねばならぬ理由はない。

直衛との仲はしっくり行っていなかった。彼女自身が「あらぬ人の子を産んだりなんかして」と思っているし、直衛は直衛で、「思えばあれは、はなから自分に心を開いたことはなかったのではあるまいか」と考える。それには志乃がまだ一七のときに恋人の秋人が病死したということがあった。しかし、それは直衛に輿入れする七年も前のことである。結婚後も秋人のことがずっと心に残り続け、狂ってからは彼が舟で迎えに来るという幻想に憑かれ続けたのは、直衛とうまく行かなかったからであろう。彼は「あらぬ人」なのだった。直衛のどこが気に染まなかったのか。彼はなかなかの人物として描かれている。もちろん、男女間の好き嫌いは理屈を超えていて、直衛がどんなに器量のある男だとしても、ちょっとしたしぐさがいやだといった類のことはありがちである。だが要するに志乃は直衛があまり堂々としすぎていて、その「見てくれのような反り身の構え」がなじめなかったのだろう。彼女が好く男は、もっと羞らいを含んだ初々しい男だったようなのだ。志乃自身が「たとえようのない含羞があって、人の気配がすると、障子の蔭に身半分を隠してものをいう」人であった。

二人の間には芸術あるいは美という接点がありえたはずである。志乃には「染めと織りの天分」があり、山繭からとった糸をくちなしの実と蓬で染め出した、夕焼けのような模様の布を織り上げ小袖に仕立てたときは、姑のぬいが大喜びして村内の衆を集めて披露した（この志乃の草木染めの話は、作者がこの頃知り合った染色家志村ふくみ氏の仕事から触発されたものであろう）。一方、直衛はもともと石工であるから、仏画を描き仏像を刻む才があった。美しい道具が好きで、茶道具からギヤマングラスに至るまで、「こういう美しかもん」は「ときどき使うてやらんことには」と洩らす言葉が示すように、美に対する生得の感受性の持ち主だった（萩原直衛という名は夭折した彫刻家荻原守衛を想起させずにはおかない。作者の意識下に沈んでいたその名が、直衛を名づけるときに作用したのではなかろうか。作者はその名をおそらく相馬黒光との関連で知ったのであろう。この小説執筆のちょうど前頃、私は作者に黒光の『黙移』を読ませたのではなかったか）。しかし、直衛は機織りに没頭する志乃に不服だった。直衛にきつく言われて、志乃が杼をとり落し足の甲を傷つけるシーンは活写されている。このあと彼女は機を織らなくなった。直衛は愛されぬ夫という悲しみがあったろう。志乃はただ直衛の不機嫌に身がすくむ思いだったろう。美を介しての和解は遂に訪れなかった。

だが、夫婦仲がしっくりゆかぬからとて、狂わねばならぬ理由はない。志乃の忠僕重左は「高原家（志乃の生家）の血筋の女たちは、人遠い気質がある」と考えていた。志乃の大叔母のお糸がそうであった。一人で遊ばせておけば、いつまでもひとりままごとをする子であった。重左は少年のとき、このお糸の家の下僕となり、いつしか六つ年上のお糸に憧れた。そのお糸は高原家の菩提寺の侍あがりの衆僧と、海に浮べた小舟の中で心中した。血まみれの凄惨な屍体を、小舟の中から返り血を浴びつつ取り出したのは重左だった。その後重左は志乃の家に奉公するようになり、生れたときから志乃の世話をみるようになる。お糸が死んだのは志乃が生れるより十六年も前のこと。それなのに重左の胸のうちで志乃はお糸と重なる。彼は志乃のうちに、お糸同様生れつき「人遠い」少女を見たのである。このお糸と志乃の、重左の裡での同一視は、当然志乃に反映する。重左が志乃を「お糸さま」と呼びちがえるものだから、この少女はお糸ってどういう人と尋ねることになる。かくしてみたこともないお糸さまとの一体感が志乃の裡に育つ。「重左は弔い続けている人の中に、この子がふっと重なって生まれ直すような気がする」。一方、志乃は思ったに違いない。自分はお糸さまと同様心中すべきであった。誰と、秋人さまと。

「舟に乗ってどこかへゆきたい。燭台の灯のともっているところへゆきたい。それを灯して機織り台の上に置けば、この世が違って見える、と秋人が言った。――青蓮寺の灯明より明うして、美しか灯のともる、と秋人が言っていた。この世がちごうて見える？　秋人の思い浮かべていたそれは、どんな色のこの世だったのだろうか」。

かくして志乃の狂気の源は、重左のこの少女にかけた思い、その思いが少女の中に育んだもうひとつのこの世への思いにあったとすることができる。もともと志乃は人遠い少女だった。「むかしむかしのものたちが、幾代にも重なり合って生れ、ひとりの親になるのだと思われる。志乃はそう思う。とても一代やそこらで、あんな生ぐさいような息が吐けるはずはない」。いつしか舟で迎えに来る秋人は、たんに恋しい人というのではない。この生ぐさい人の世から、もうひとつの「色のちがう世界」に移しかえてくれる案内人なのだ。このような人の世との隔離感が作者自身生得のものであったことは言うまでもない。この点は詳説するまでもなく、初期から晩年にいたる彼女の作品のすべての示すところである。志乃は夢を招きよせる。「ほの闇の中の六ッ辻のようなこの世にない時間がそこに現われる。海も空も樹々の枝も、草花も、人間たちはなお、現し身よりは、上べの色を沈め、いのちの色をまとい直して出て来てくれる」。それはまた「目覚めている生身の時間よりは想いの深い世界」だった。しかし、このような人間が生ぐさい息を吐かぬ世外境は、同時に幽幻の美の世界でもあったのだ。『十六夜橋』はこの世ならぬ美への憧憬という作者のもうひとつの志向が最も色濃く表われた作品である。

この作品の中にはお糸の遺品とされるいくつかの美しい品物が出て来る。たとえば「紫の緒をつけた青銅の鈴」である。また強い香りを放つ白檀の扇子もそうである。これは実は重左が長崎でお糸のために買った品であった。こういった品物が登場することによって、物語に幽幻の気が濃く立ちこめるのだ。お糸の遺品とは限らない。萩原家の蔵には、直衛の曽祖父の代、この家に寄りついて死んだ「傀儡使いの年寄り」の形見だろう女面があって、「蔵の奥のお高」と呼ばれていた。三之助はそれを志乃に似ていると感じる。あの世に誘いかねぬ小道具に事欠かぬのである。三之助は薩摩長島出身の一六歳の少年で、志乃の世話を任され、綾に慕われている。

『十六夜橋』を貫く幽幻の美の極りともいうべきなのは、表題とおなじタイトルを冠された第三章である。療養のため天草青蓮寺に滞在中の志乃は、三之助と綾に伴われて〝梨の木の墓〟を訪れる。これはお糸の墓であって、萩原家に嫁入ったあとも、志乃はこの「墓殿」にかくれて、重左が探しに来たこともあった。またこの梨の木は、秋人が長崎へ帰る際、重左が漕ぐ舟に志乃も乗せてもらって花見をしたその木なのである。秋人はこのあと長崎で急死した。日は暮れかかり三人は道に迷って河原に出てしまう。志乃は重左の水車小屋がすぐ近くにあり、重左が菜種油をとりに舟で来るはずだという。重左は一八年前に死んでいるのである。薮が繁って水車小屋など三之助には見えない。ただおぼろに見えたのが蔦のからまった石橋で、綾がその上に立っている。三人の帰りが遅いのを心配して、寺から徳一坊が迎えにやって来る。三之助が「ずいぶん古か石橋でござりますなあ。十六夜橋ちゅうは、あれでやしょうか」と問うと、美しい石橋があったのは昔の話で、山崩れで流され、いまは板の橋になっているという。「三之助は瞬間、棒立ちになったが、振り返らなかった」。この物の怪のごとき幻の橋こそ、この物語がめざす幽幻の境の象徴にほかならなかった。

この第三章では、重左の水車小屋というのが重要な役割を果す。志乃はもはやとっくに朽ち果てた水車小屋を探しているのだ。足をくじいて寝ていた志乃を重左がおぶって舟に乗せ、この小屋に連れて来たのは、志乃の嫁入り直前のことだから、少なくとも二五、六年前のことである。彼はこの小屋で絞った菜種油を売って、志乃の「嫁入り銀」にするつもりなのだ。重左は腫れ上がった志乃の足に溶かした黒い膏薬を塗り、「志乃のくるぶしを自分の膝の間に置き、胡麻塩頭のちょん髷を押し伏せた。——わしがお育て申しやした。重左は嗚咽しながらそう言った」。

谷崎潤一郎の『春琴抄』を俟つまでもなく、女性にひたすら奉仕することによろこびを覚える男というのは、洋の東西を問わぬ文学が描いて来たところである。重左の志乃に対する思いは、ただ「わしがお育て申しやした」というだけであるはずはない。彼の中で志乃は、秘かに憧れていたお糸の生れ替りなのである。しかし彼の志乃への愛は、恋情を超える無上無私の愛に昇華されていた。「わしがお育て申しやした」とはそれを言っているのである。かくして重左は志乃と並ぶこの物語の主人公となる。志乃は重左のような愛なしには生きられない。志乃のほの明りするもうひとつの世とは、重左のような愛が自分に寄りそってくれる世なのだ。重左は志乃が萩原家に婚して七年後、六二歳で死んでいる。重左を喪ったことも、彼女が決定的に狂う要因だったのかも知れない。

この志乃・重左関係は綾・三之助関係に引き継がれる。綾は無性に三之助を慕ってい て、彼が直衛の供をして旅に出ようものなら、狂乱してあと追いをする。そして志乃は三之助を絶えず「重左」と呼び違えてやまぬのである。この小説は大正九年五月、萩原家の宴会のシーンから始まって、同十二年秋諏訪宮の鳥居奉献式で終っており、重左は明治三五年に死んでいるのであるから、三年半の物語の間、回想される死者にすぎない。ところが、彼の姿かたちと声音は、この物語の始めから終りまで現存しているかのごとくである。重左を欠いた志乃物語は成立しないのだ。

志乃、綾の二人とも、文字通り献身する男性を必要とする。いや、そういう異性なしに自分の存在を全うすることができない。実は石牟礼道子という女性がそうであった。彼女は最晩年、「朝日新聞」に『魂の秘境から』というタイトルのエッセイを連載したが、その一回で幼女のとき川で溺れかけた経験を書いている。蟹に足を挟まれて、あまりの痛さにすべって水の中に落ちた。助けてくれたのは近くで釣りをしていた青年だった。「お前や、どこん子か」「こうしたところで、ひとり遊びして。あぶなかったぞ。まちょっとでお陀仏じゃったぞ」「こんまま戻れば、おこらるっぞ。髪も服も乾かして戻らんば」。おんおん泣きながら、幼女は甘美だったろう。若者は手拭いで彼女を拭きあげて、家まで連れて行ってくれた。「わたしはこの兄ちゃんにまた会いたくて、その後、観音様の水辺やら、その上流の永代橋やらへ行くたびに、無意識のうちにその姿を探すようになった」。これはまさに彼女の心の働きの原型を示す挿話である。

作者は祖母もかの若き日を探り当てようとしてこの小説を書いた。しかし出会ったのは自分自身だったのである。志乃はまさに作者その人の肖像となった。自分はこのように美しく狂いたかったと作者は言っている。志乃はおとなしそうで、実は頑固な女性として描かれている。目の診察を受けに行った長崎の宿で、咲が外で賑わう精霊流しを志乃に見せたくて、彼女が坐る坐布団の向きを変えようとすると、志乃は「いらんこととしてもう」と強く拒否する。直衛が買い求めて来た櫛に対しても「櫛のなんの、どうでもよか」と声を絞り出す。このような声音・動作に私は紛れもなく石牟礼道子自身を感じる。

　萩原家の家族構成が『椿の海の記』に出現する作者自身の家族構成の忠実な再現であることは先に述べた。ただし、重左、三之助の系列はフィクションである。そのフィクションが作者の潜在的な願望によるものであることもすでに述べた。ただし『十六夜橋』では、作者の実際の家族より、登場人物の年令は十年ほど引き上げられている。家族構成からすれば、作者自身に相当するのは綾である。だが作者の作意は志乃を自己と同一視する方向に働いていて、綾は泣き出したら泣きやまぬといった点で作者自身の面影をとどめているものの、かわいいばかりの無邪気な幼女として描かれている。「海よりも空の方がひろかとよ。それゆえなあ、舟も車でゆくわけじゃ。糸さまゆらゆら……糸さまもなあ、舟で往かいたちゅうわいな。お糸さまちゅうのは誰かいな」と綾がひとり言するのに、三之助は噴き出さずにはおれない。しかしこのかわいいばかりの童女というのも、長じても保持された作者の一面であった。

志乃物語たる『十六夜橋』には、もうひとつ小夜・三之助という鹿児島県長島出身の汚れなき姉弟の物語が組みこまれている。小夜は一四歳のとき長崎の遊郭に売られた。彼女より六歳下の三之助は、やはり一四のときに萩原家に奉公に出た。小夜はやがて直衛の囲い女となり、薬種屋に奉公する仙次郎と駆け落ちする。サブストーリーたるこの三人の物語は、地方の名門豪家たる萩原家・高原家の人びととまた異なる下層の名もなき民として、基準的な意味を負わされている。それは小夜が遊女になっても、いつまでも浜育ちの野性を失わぬところにも表われている。小夜の駆け落ちの相手の仙次郎も、阿蘇波野の百姓の子として設定されている。仙次郎が幼少期に語りきかされた「ごほうこう」と鳴くふくろうの話は、仙次郎たち貧農のよる辺なさの凝縮であろうし、たがいに奉公に出ねばならぬ境涯が、二人を結びつけるのである。駆け落ちする二人が乗る舟の船頭は、海底に沈んで鐘の鳴る音を話して聞かせる。小夜にはそういう幽秘を感じる心もある。それは弟の三之助が鶴の啼き声を聞いて、底なしの下界に落下する鶴を幻視するのとおなじ感性なのである。しかも大事なのは、二人を乗せた老船頭が、小夜が操船を手伝う身のこなしにおどろき、小夜が「漁師の子ぉでおじゃした、わたいは」と言うのに対して、「老人の表情に一瞬の喜悦があらわれる」と作者が書いていることだ。労働することを真に知っている者、その苦しさも歓びも知っている者への作者の敬意と讃嘆こそ、『十六夜橋』という幽幻の美を極める物語のバラストにほかならない。小夜・三之助・仙次郎の物語を組みこむことで、この小説は単にこの世を超える異界を志向する美の物語にとどまらぬ重層性を獲得しているのだ。

この小説について最後に言わねばならぬのは、その特異な時間構造である。先にも述べたように、この物語は大正九年から十二年までの三年半の出来事を語っているのだが、それは物語をひとつの絵とすれば額縁にすぎず、絵の本体をなしている物語は安政三年のお糸の自殺に始まっているのである。つまり三年半の物語の背後には実に六十余年にわたる物語が横たわっているのであって、物語の核心をなす部分はむしろこの過去にこそ存している。しかもこうした過去は物語の中の回想、あるいは作者による説明として述べられるのが一般なのであるが、『十六夜橋』における過去は、あたかも現在進行している出来事のように叙述されている。つまり小説一般の常道のように、これは現在の出来事、これは過去の出来事と、現在と過去がリニアーに整序されて語られるのではなく、過去は現在であるかのような質感と語り口で出現し、現在と重層・混在して、現実自体が多元化するのである。つまりこの小説では過去であるべきものがすべて現在なのだ。過去は回想されているのではない。過去とは作者にとって、現在と同時に共存し出現するものなのである。過去は文字通り生きており、現存しているのだ。

これは非常にフォークナーの作風に近いが、むろん作者はフォークナーなどに学んだのではなく、彼女自身の体質によって、こういう異様な物語の構造を作り出すのである。これはあるいは古代的思惟、神話的思惟の一種なのかも知れない。後年、自伝『葭の渚』を「熊本日日新聞」に連載したとき、「熊日」の文化関係のヴェテラン記者が「話がどうも逆戻りして前に進まんもんなあ」と嘆いたことがある。これは逆に戻っているのではなく、彼女にとって過去は常に現在なのである。このような時間の独特な処理は彼女のエッセイなどにも見られるけれども、小説の構造のうちにはっきりと現われたのが『十六夜橋』においてであった。この手法はこのあとに書かれる『天湖』にも歴々と現われている。『天湖』においては、物語は過去の深い累積とつねに照応し交渉しながら展開する。『十六夜橋』はこのように、小説技法という点でも実に注目すべき作品なのであった。

『春の城』評釈

『春の城』の作因については、作者自身がはっきりと何度も語っている。川本輝夫ら水俣病新認定患者とともにチッソ東京本社を占拠したとき、「原城にたて籠った名もなき人びとの身の上がしきりに心に浮んだ」と『アニマの鳥』の「あとがき」にある。この小説は新聞連載時の表題は『春の城』であったが、筑摩書房から出版された折に、阿川弘之に同タイトルの作があるという理由で、編集部から改題を求められて『アニマの鳥』となり、さらに『石牟礼道子全集』採録時にもとの『春の城』に戻された。『春の城』はすなわち原(はる)の城であるから(九州方言では原はハルと読まれる)、作者としてはこのタイトルに深い執着があり、改題はあくまで不本意だったのである。作因については、藤原書店の単行本版『春の城』に収録されたインタヴュー、対談等で繰り返し詳しく述べられている。

『春の城』は石牟礼道子の作品中、最も執筆が難航した作品である。その理由はこれが歴史小説であり、しかも新聞連載小説たることにあった。歴史小説である以上史実の枠組に添わねばならず、この点彼女はよく勉強をした。しかし島原・天草の乱は残存資料の問題もあって、今日歴史学のレヴェルにおいても実像の復元が困難な事象である。歴史小説である以上、一定の統一されたストーリーが不可欠であるけれども、もちろんフィクションを含む物語を史的事実と整合させるには非常な労苦が必要で、書き溜めた十数回分を破棄して書き直さねばならぬこともあった。

また新聞連載は、それまで彼女が経験して来た月刊誌連載とは全くペースが異なる。しかも月刊誌とはオーダーの異なる広汎な読者が予定されているのだから、ある程度わかり易くなければならない。もともと彼女の筆法は、過去と現在がリニアーに整序される普通の物語の筆法とは非常に異なっていて、過去は現在となって現前し、時間が渦巻き状にカオス化するのだから、独特の深いリアリティがそこに出現するのだが、そのため寝転がって気楽に読めるようなものには到底なりようがない。小説の形では、こういう独特の叙法(ナラティブ)はすでに『十六夜橋』で確立し、『春の城』の直前に書かれた『天湖』にも顕著に現われている。新聞小説である以上、フォークナーを連想させるようなこうした叙法が押し通せるものではなく、その点作者もかなり意識したものと思われるが、『春の城』ではこういう過去・現在のカオス的併存の叙法は全く姿を消し、物事が起った順番に書く伝統的で常識的な叙法がとられている。そのため『十六夜橋』『天湖』などよりはるかに話の進行がわかり易い。ということは、彼女の小説の最大の魅力が薄れるということにもなるわけである。

島原・天草の乱を小説化するとすれば、名もなき百姓たちの生活の実状と心の深層に降りてゆかねばならないが、これは彼女が幼少時より通暁した世界であり、その基層から一揆が生れてくる様相をこれほどみごとに描くことは彼女以外何人もよくし得なかったところだ（この点は堀田善衛の『海鳴りの底から』と読み較べれば一目瞭然である）。ところが一揆は百姓だけが企んだのではない。有馬・小西というキリシタン大名の遺臣が土着していて、彼らの存在を抜きにしてこの一揆を語ることはできない。作者は侍などにもともと関心はなく、これまで描いたことすらないのである。

物語は寛永十二年、すなわち乱の二年前の春に、天草内野郷の百姓清兵衛の娘かよが、対岸島原口之津の庄屋蓮田家の長男大助に嫁入る場面から始まる。まさに堂々の導入部であって、作者はこの大乱を根っ子の根っ子から描き出そうというのだ。この嫁入りの問題は清兵衛家が仏教徒であるのに対して、蓮田家はキリシタンという点にある。しかし清兵衛の亡妻、かよの亡き母は天草・志岐のキリシタンの家の生れで、清兵衛家には相手が宗旨違いという違和感はない。つまりキリシタン百姓は仏教徒百姓と共存しているものと作者はとらえているので、これはひとつの大切なポイントである。

読者はかよが舟に乗るまでに、杏の実が熟れ時で塩漬けにせねばならぬとか、蓬(ふつ)が摘み頃で来年の節句には里帰りして蓬餅を作ろうとか、タコの子どもが楊梅(やまもも)とりに来るとか、川野川にはボラやセイゴやハゼの子が登ってくるとか、葛の根を水に漬けたたき出して葛粉をとるのがおもしろいとか、野山の成りものとか川や磯の生きものの話が延々と交わされるのに注意しなければならない。つまり作者はこういう世界に生かされて来たものとして、かよは嫁に行くと言っている。しかも作者はかよに、家の米櫃の心配をさせている。祖母のふじは「お前の口から米櫃のことが飛び出すとは思わじゃった」、米の代りに大豆や粟が入っていることはあっても、空になったことはないと言い、兄嫁も去年の干大根がまだ甕の中にあるし、梅の実も沢山ついて二年分くらいは漬けられると口を添える。食べものが絶える日が来るのではというかよの心配は、むろんこの物語の伏線なのだ。嫁入り直前まで、かよは裏山へ入って椎の実をとり集めたりして、「嫁入りに持ってゆく気かえ」とふじに笑われた。去年は日でりだった。「鍋の中がさびしかのう」と父が際々言ったのが思い出される。そのうち一行はこの村自慢の井川(井戸)の水を汲む。嫁行ったらお水を授ることになろうが、それに使えというのだ。井川の話も含め、作者は清兵衛家の人びと、つまり百姓というものが自然のしつらえに恵まれて生きていると語っている。これがこの小説の基底である。

大助とかよの婚礼には四人の侍衆が招かれていた。辺見寿庵は若い頃ヴァリアーノが有馬に建てたセミナリオで学んだという老人であるが、この人物は島原蜂起のきっかけとなった村々宛廻状の署名者「かずさじゅあん」から思いつかれたのは明らかである。加津佐村の「じゅあん」とは何者ともわからず、偽文書の疑いもあるが、作者は寿庵を口之津の住人とし、他に口之津住人蜷川左京、加津佐住人の加津佐兵庫、おなじく千々岩伴内が、婚礼のすんだあと蜷川家に集まって飲み直すシーンを設けた。三人は寿庵より十歳ほど若い。これは大変よく出来たシーンで、有馬旧臣が四人集まれば、こういった風にもなろうかといった会話が交わされる。作者はもともと、村の寺の坊主が説教をすればどんな説教になるか、迫真のものまねが出来る人なのである。いかにもそれらしく描くという、通俗にもなりかねぬ才能をこの人はふんだんに授っている。だから四人の会話にもそれなりのリアリティがあるものの、作者が有馬晴純・直純、松倉重政・勝家、四代にわたる島原領の変遷について四人に思い出話の形で語らせるために、この場面を設けたのであるのは明白である。地の文で説明する単調をいとって、四人の会話によって読者に反乱に至る遠い前史をつかませようというのだ。四人がそのためのデク人形になっているというのではない。人柄の違いもはっきり造型され、人物は生きている。にもかかわらず、彼女が清兵衛家、蓮田家の人びとを描き出す際の真のリアリティがここにはない。冒頭の嫁入り話の濃密なリアリティからすれば、物語の進行のため作り出されたからくりの気が抜けない。言ってみればこの四人の言動はわざとらしいのである。このあと直ちにかよが蓮田家になじんでゆく話になるが、そのぎっしり存在感が詰った描写・叙述にくらべると、この四人の酒宴はお芝居である。

つまりこの物語には表現の質から見てふたつの層があることになる。ひとつは作者が熟知し、感覚も想像力も鋭敏・自在に働く生活世界、つまりは成りものや獲物や料理、すなわち育て採集し調理して食うという行為の世界の表現であり、『椿の海の記』以来作者が類いない才能を発揮して来た表現の次元である。この次元は食べるという行為が山川草木、つまり人間がその一要素として存在せしめられている大いなるコスモスのいとなみにつながってゆく様相を、家族・隣人とともに生きるその存在のしかたを、肉感そのものとして感受し表現する次元である。すなわち生きることの根底を露出させる表現の深度である。

町田康は、この反乱の物語に食べもののことばかり出て来るのに注目している（藤原書店版『完本・春の城』解説）。これはまさにこの反乱の物語がどういう深度で語られているかということを、直截に感受した感想であるだろう。この次元の表現は第二章における蓮田家の生活の描写でさらに深化されてゆく。この家の家政を実質的に宰領しているのは、主婦美代の小さい時からの子守りで、蓮田家の嫁入りにもついてきたうめであるが、慈悲組の長である蓮田家の立場から、日でりで収穫の乏しい作物をつねに村人に配ろうとするお美代をおうめは牽制せねばならない。二人のやりとりの中で、農家がどのような作物の連鎖の中で命をつないでゆくものか、まざまざと描出される。とにかく野のもの磯のもの、栽培するものから採取するものまで、いかにゆたかで多様な環境のかかわりの中で人々が生きていることか。そのかかわりには微細に述べられる食物の利用法・調理法も含められるのであるが、そのレベルの叙述は実に原城に籠ってからも続けられる。人は食べずには生きられぬ。だから食べられなくなるとき一揆して死なねばならぬとこの小説は語っている。この次元の語ることは深い。

しかしこの反乱の物語には、もちろん為政者たる松倉藩の諸役人が関わってくるし、旧有馬・小西の遺臣たる地侍も関わってくる。彼らの動きを抜きにしては反乱に到る道筋が描けない。この次元における描写・叙述を、この小説のもうひとつの表現レヴェルと言うことができる。この次元においても作者は達者である。場合によっては悪達者でさえある。一例として、口之津の大百姓の嫁が未納年貢の人質にとられ、牢で責め殺される挿話をあげることができる。これは後年の編纂物、読物に出てくるもので、史料的に実証された事件ではない。むしろ後年の作り話とさえ思える。だが作者はあえてこれを取り上げたのだが、それは巷間に伝えられた松倉の苛斂誅求ぶりを描いておかねばという、いわば作者の物語構成上の万遍ない心くばりであろう。そしてこの挿話に出てくる家老家の用人の憎々しさと言ったら、描写はまさにみごとと言ってよい。しかし、この憎々しさは歌舞伎の舞台の上でこそ映えるような、まことにさもありそうな憎々しさなのである。さもありなん、つまりこれは類型なのである。

すなわちこの小説の基底には、こんなことが小説になるのか、物語を展開する上でこんなことを叙べるのが必要なのかという次元の、食生活を中心とする微細な生活描写があり、その次元においてもっとも深い表現レヴェルが達成され、反乱に到る諸前提の核心を形づくっているのに対して、反乱に到る事情説明、様々の過程の叙述においては、よく考えよく仕つらえられてはおり、地侍の動向など含めて、さもありなんといった説得性はかちえているものの、前者の次元のようなリアリティの現前にはやはり到っていないことを認めるべきである。

近代文学は歴史的事件を扱う際に、事件の中心人物を主人公とし、事件の経過を総合的に叙述するような手法を避けて、事件の周辺にいる一人物を主人公とし、その家庭のドラマを歴史的事件にリンクさせるような手法を開発して来た。スコットが創った手法といわれ、『戦争と平和』も『大尉の娘』もそういう手法をとっており、前者ではナポレオンあるいはアレクサンドル一世、後者ではプガチョーフの視点から事件が見渡されることはない。ところが『春の城』の作者は天草四郎を作品の主要人物とし、彼の視点から事件を眺め渡そうとしている。これは小説作りの上からは、わざわざ難路を行こうとするものと言っていい。例えば一八一二年のロシア侵攻の場合、ナポレオンを主人公にして小説になるものだろうか。なったとしても歴史的通俗小説に終わるのがおちであろう。『春の城』は一方では蓮田家の物語の性格を持っており、反乱に巻きこまれてゆく蓮田家の視点からこの反乱全体を見てゆく方法を貫徹していたならば、一揆に関する非常にユニークな、そしてリアリティにみちた作品が出来上がっていたかもしれない。小説作りとしてもその方がずっと楽だったはずである。しかし、彼女は四郎を主人公に据えずにはおれなかった。それは彼こそが彼女にとって理想の男性であるのみならず、どうしてこのような霊性の持ち主が生れ、どのようにしてその人物が一揆を主導しえたのかというのが、彼女をとらえて答えを促さずにはおかぬ生涯の謎だったからである。

四郎像を造型する上で彼女は数々の工夫を凝らしている。宇土の生家で、家族親類に囲まれながら、世の中の仕組みを書物でなくて、土に生きる人びとの姿に学びたいと四郎に語らせ、さらに小百姓の六助が開いた小さな山畑が天国へ通じる門であると語らせるとき、作者は彼を何よりも人びとのひたすら生きる歓び悲しみに絶対的に感応する人物として造型しようとしており、それは成功していると言っていい。史料上伝える長崎での学問という点でも、なみという遊女上りの女商人を創り出し、彼女が香道や茶道具や衣裳についてもつ教養と美意識に四郎が薫染されるという設定を行っている。なみはいわば幽幻の美の代表で、作者は四郎を幽幻の美の体現者としても描き出したいのである。また彼女は基本的に、四郎を生まれつきこの世から何か遠い人間、そういうものとして他人がひと目ではっとするような霊性の所有者として描く。はにかんだ静かな少年なのである。これはまさに石牟礼道子好みの少年像であって、以上の点はみな一応成功と見なしてよい。

しかし、このような霊性をもつ少年がそのまま一揆という大衆の結集、昂揚をリードするカリスマでありうるとは限らない。少年の霊性はいかにして大衆運動のカリスマたり得たのだろうか。この点でも作者は腕によりをかけていて、宮津の教会堂献堂式、上津浦での心中した一家の葬いの場でも、奇跡を演じつつ、魂の底に届く説教をして人心をつかむ四郎の姿を描いている。それはいかにも昂揚した美しい場面であり、その説教も何しろ言葉の名手石牟礼道子が技の限りを尽すのだから、美しく深沈としている。このような公衆の前の四郎のカリスマ的言動、いやそれはカリスマというより至誠というべきなのだが、とにかく魂深い言動も、何度も何度も繰り返し美しく荘厳に描かれるほど、一種のマナリズム、類型に化して行くのはどうしようもない。この場合においても、実際生じたであろうリアリティが現出するよりも、美しく舞台化された類型に化かされているような感じが拭いがたい。目立つのは作者の手腕、力業であって、実際に生じたのはもっと土俗的な現象ではなかったか。そのようなものとして造型した方がこの作品にふさわしかったのではないかという感を禁じがたい。

一揆の指導者になってゆく四郎、その蔭にはおなじく一揆の覚悟を決める父親益田甚兵衛がいるわけだが、そういう四郎よりも、蓮田家の一室を借りて蜷川右近（左京の息子）や辺見寿庵とともに「学問所」を開く四郎の方が、私はよほど好ましい。もともと学問好きの右近が四郎との縁で、なみが秘蔵していた文献、今日「切支丹版」と称されるイエズス会出版の文献を入手したのが、この学問所発起のきっかけで、その文献を会読する集まりには、蓮田家の下人熊五郎や、近所の名だたる酒呑みで、信心組（こんふらりあ）から除名されかかったのを右近に救われた竹松が末席に連なっているというのも、若い頃サークル活動を試みた作者の初々しい心がこもる魅力的な設定である。

蓮田家はつねに隣人に食料をわかって、口之津の住人たちの信望を集める一家である。もし一揆が起らなかったら、この一家を中心とする信心組、その下に作られる慈悲組は隠れキリシタンとして生き残る道が絶無だったとは言えない。その隠れキリシタンにイエズス会文献を保持する隠れ学問所が付随していたらという夢想も生れかねないのだ。史上そういうふうにはならなかったことが証明されてはいるものの、これまた歴史というものが恒に含む潜在的可能性なのである。蓮田家に設けた四郎と右近の学問所はそういう夢をふくらませて、作中随一の楽しい挿話となっている。

しかし全体としていうなら、石牟礼道子にとっての島原・天草の乱物語は、民衆が情と信義を貫き通す物語なのである。それが一切であるとさえ言える。この小説は乱がいかなる事情から生じたかという謎を解こうとはしていない。一見そう見えたとしてもそうではない。これは行き所のなくなった民が、いっしょにどこにもない世へ行きましょうという物語なのだ。そのどこにもない世とは、人が互いの情を信じて生きて行ける世である。この小説において、アニマの国とは、そのような情が生きる国である。わが国のキリシタンは隣人をわが身同様大切に思えというポロシモの教に感銘したからこそ、キリシタンになった。そうこの小説は言っている。蓮田家の下人には、主人夫妻と通い合う深い情がある。その代表者うめはこの小説の基準的人物であるが、何よりもこの家で受けた情と信頼に応える一心で生きている。しかもうめは仏教徒なのである。彼女は観音様の信者だが、マリア様と観音様は仲良くあれるはずだと信じている。蓮田夫妻もうめのそういう信念を容認している。両者とも説くのは他者へかける慈悲、つまりは情の厚さだからである。この小説に登場する人物のほとんどが、この情にほだされ、この情を信じて生きたいと念ずる人びとである。これは愛の共同体と言ってよいであろう。蓮田家は下人・奉公人を抱える擬似家族共同体であるが、内部の上下関係など超えて、互いに敬う愛の共同体たらんとする。それはポロシモの教えによって己れを日々律することで可能になる愛の共同体なのである。乱はその弁証であった。

むろん作者はこの世がそういう慈悲に照らされるだけのものでなく、民衆同士の中に憎しみが生れるのを無視していない。上津浦で一家心中した貧農は、子どもが他人の畑のかぼちゃを盗んだとむごい仕置きを受けたばかりでなく、その盗みは親がそそのかしたのだと噂されたので心中した。その一家の葬いで、憑きものがしたように十字架を担いだ常吉は、嫉妬心から妻を責め殺した過去の持ち主である。彼は人の心にはみんな蛇一匹が住みついていると思っている。だがそういう孤独な男であるからこそ、この男はひと一倍情を求めている。上津浦の庄屋の婆さまと、この男は最後に情の通うのを感じる。その婆さまは上津浦衆の出立ちの折、足手まといにならぬように自決した。

作者は戦闘シーンをほとんど描いていない。第一この物語は五〇〇ページ中、原城入城後は七〇ページしか割いていないのである。戦闘場面は攻囲した側の記録の引用によって略記されるだけである。これは賢明なやりかたであった。描かれている戦闘シーンはうめが石臼を引っ担いで、城壁をよじ登る攻囲軍に投げ落し、直後胸一点に紅を散らして倒れるシーンが目立つのみである。そして読者はこのシーンだけで、戦闘者としての民の心を味わい尽すのである。

人の情とは人に対してのみかけられるものではない。家を捨てて原城に籠ろうとするある百姓一家で交される珍問答を読むとよい。そのことは主人が庭の梅の木を持って行こうと言い、梅が無理なら水仙なりと持って城に植えようと娘が言うのに対して、女房が「お前さま方なあ、親子して、水仙の何の、原の城には何しに行くとかえ、花植えに行くとかえ」と呆れるシーンによく表われている。百姓は庭の梅にも水仙にも情をかけるのだ。むろんこれは息抜きの笑い話として設けられているのだが、そういうユーモアシーンにも情の本質が語られている。彼女の作品の恒として、この物語は百姓の土俗的な会話が非常な効果をみせているが、廻船業者としてこの小説中大活躍する弥三が、原城下の大江の浜につながれた自分の船に別れを告げる言葉もいかにも含蓄が深い。「お前(ま)や、ここで夢でも見ておれ。わしゃあ、これからすることの多かでのう」。船も長年連れ添った家族同様、情が通わずにはすまぬのである。

『春の城』は人が互いに情を通わす世界にしか生きられぬ、もしそういう世界が存在を許されぬとすれば、ともにもうひとつの世を目指すしかないと語っている物語である。むろんそのような世をあこがれて集団的に死ぬといったことが日常起るはずはない。しかし、それが原城で起った。西洋の歴史はそのような千年王国をめざす反乱が史上度々生じたことを告げている。それは人は何のため生きるかという究極の姿を暗示するものである。作者はこの作品を書くずっと以前からそのことを知っていた。『苦海浄土』は故なき苦患を負わされた人びとが、人びととの間に交わす情愛と、自然との間に成り立つ情愛を、ともにとり戻したいと願う物語であった。原城の乱はこの作品が書かれたとき、作者が自覚したかどうかにかかわらず、すでに主題として屹立していたのである。彼女はこの大作で、自分自身への約束を果した。すなわち生涯の課題に最後の表現を与えた。まことに幸せな作家というべきである。

作者はこの力業の連続というべき辛苦の作品の最後に、ふっと息を抜くように美しい場面を書き加えた。攻囲軍中に在って籠城した百姓の姿振舞いに深い感銘を受けた鈴木重成が乱後天草の代官に任ぜられて、二江の海岸で二人の少女と出会うのである。妹らしいまだ幼女は拾った貝殻を重成の手にのせる。姉らしいのが「あやさまなりませぬ」と叱る。二人は口之津の庄屋蓮田仁助の孫女と子守りのすずであった。むろん重成はそんなことは知らぬ。しかしこの二人の少女と城中で死に絶えた者たちとの間の、何らかの縁（えにし）は思い浮かんだであろう。後年重成は天領天草の年貢半減を願い出て腹を切る。作者は生前彼の机には玉貝がひとつ載っていて、彼が時々握るのを下役が見たと書いていて、この労作の筆をとどめた。

この重成の思いは、このあと能台本『草の砦』でも繰り返される。おなじく能台本『沖宮』では、少女が雨乞いの人柱に立ち、四郎に救いとられるのであるが、この少女の名は「あや」なのである。そしてすでに『十六夜橋』において、作者自身は「あや」の名のもとに登場していた。島原・天草の乱にかけた作者の思いは、死ぬまで業のごとくにとり憑いて離れず、ついには能仕立ての幽幻に昇華されたのだった。

『沖宮』の謎

この『沖宮』というのは、みなさんお読みになっていると思いますが、不思議な作品なんですね。で、何をいったい言っているのか、何を表現したいのか。しかも非常に短い作品でして、場面は二つしかありません。最初には天草四郎と、その乳母だったモカという女性と、その夫と、その子どもであるあやという子どもと、その四人が出てくるんですね。そのうち三人はすでに亡霊なんです。生きているのはあや一人で、五歳の少女なんです。その少女と亡霊たちが昔の日々を懐かしんでお話をするという場面が一つあるんですね。石牟礼さんはその前に能『不知火』というのを書いておりまして、これは新作能でありますけれども、上演をプロデュースした土屋恵一郎という方がいまして、能はいわゆる詞章、非常に調子のいい美しいきらびやかな言葉の詞章が能の生命の一つですが、新作能としてこれほど力のある詞章はほかにないと、土屋さんは太鼓判を押してくれたんですが、この『沖宮』はそういうものじゃないんですよね。このまま能としてやるのは無理だろうというような普通の演劇で、台詞はかなり古典的ですけれど、あまりリズムもない普通の言葉で人物同士しゃべっているんです。

そういう場面が一場面ありまして、次は人身御供に上がるあやが舟に乗っていく場面で、これは台詞は一切なし。あやが舟に乗って海上に乗り出していくところに雷のようなものが落ちてくる。これは四郎が迎えに来たということですね。そこでは登場人物の台詞は一切なくて、登場人物は舞うだけ。そしてギリシャ悲劇でいうならば、これは合唱隊「コロス」が状況を説明する。こういう二つの場面で成り立っているんです。これは能作品としても、普通の演劇作品としても、非常に異色な構成で、何と言ったら良いか、能ではないし、現代的な演劇でもないし、一種の夢幻劇で、非常に異様な構成を持った作品なんです。ですけれども、これは石牟礼さんの最後の作品のひとつですから、彼女が意識してそういう風な構成にしたんだろうと思います。

ところが、この話は人身御供の話なんですね。雨乞いのために人身御供をするという、

弦書房

出版案内

2025年初夏

『水俣物語』より
写真・小柴一良（第44回土門拳賞受賞）

弦書房

〒810-0041　福岡市中央区大名2-2-43-301
電話　092(726)9885　FAX　092(726)9886
URL　http://genshobo.com/　E-mail　books@genshobo.com

◆表示価格はすべて税別です
◆送料無料（ただし、1000円未満の場合は送料 250円を申し受けます）
◆図書目録請求呈

◆渡辺京二史学への入門書

渡辺京二論　隠れた小径を行く

三浦小太郎　渡辺京二が一貫して手放さなかったものとは何か。「小さきものの死」から絶筆『小さきものの近代』まで、全著作を読み解き、広大な思想の軌跡をたどる。

2200円

渡辺京二の近代素描4作品（時代順）

＊「近代」をとらえ直すための壮大な思想と構想の軌跡

日本近世の起源　戦国乱世から徳川の平和へ

室町後期・戦国期の社会的活力をとらえ直し、徳川期の平和がどういう経緯で形成されたのかを解き明かす。

【新装版】1900円

黒船前夜　ロシア・アイヌ・日本の三国志

◆甦る18世紀のロシアと日本　ペリー来航以前、ロシアはどのようにして日本の北辺を騒がせるようになったのか。

【新装版】2200円

江戸という幻景

江戸は近代とちがうからこそおもしろい。『逝きし世の面影』の姉妹版。

【新装版】1800円

小さきものの近代

明治維新以後、国民的自覚を強制された時代を生きた日本人ひとりひとりの「維新」を鮮やかに描く。第二十章「激化事件と自由党解党」で絶筆・未完。

1・2（全2巻）各3000円

潜伏キリシタン関連本

【新装版】

かくれキリシタンの起源　信仰と信者の実相

中園成生　「禁教で変容した信仰」という従来のイメージをくつがえす。なぜ二五〇年にわたる禁教時代に耐えられたのか。

2800円

FUKUOKA Uブックレット⑨

かくれキリシタンとは何か　オラショを巡る旅

中園成生　四〇〇年間変わらなかった信仰——現在も続くかくれキリシタン信仰の歴史とその真の姿に迫るフィールドワーク。

680円

日本二十六聖人　三木パウロ　殉教への道

玉木譲　二十六人大殉教の衝撃がもたらしたものとは。その代表的存在、三木パウロの実像をたどる。

2200円

天草島原一揆後を治めた代官　鈴木重成

田口孝雄　一揆後の疲弊しきった天草と島原で、戦後処理と治国安民を12年にわたって成し遂げた徳川家の側近の人物像。

2200円

天草キリシタン紀行　﨑津・大江・キリシタンゆかりの地

小林健浩［編］﨑津・大江・本渡教会主任司祭［監修］　隠れ部屋や家庭祭壇、ミサの光景など﨑津集落を中心に貴重な写真二〇〇点と四五〇年の天草キリスト教史をたどる資料

◆水俣病公式確認69年◆

◆第44回 土門拳賞受賞

水俣物語 MINAMATA STORY 1971~2024

小柴一良　生活者の視点から撮影された写真二五一点が、静かな怒りと鎮魂の思いと共に胸を打つ。　3000円

【新装版】死民と日常　私の水俣病闘争

渡辺京二　著者初の水俣病闘争論集。市民運動とは一線を画した〈闘争〉の本質を語る注目の一冊。　1900円

8のテーマで読む水俣病

高峰武　これから知りたい人のための入門書。学びの手がかりを「8のテーマ」で語り、最新情報も収録した一冊。　2000円

非観光的な場所への旅

満腹の惑星　誰が飯にありつけるのか

木村聡　問題を抱えた、世界各地で生きる人々の御馳走風景を訪ねたフードドキュメンタリー。　2100円

不謹慎な旅 1・2　負の記憶を巡る「ダークツーリズム」

木村聡　哀しみの記憶を宿す、負の遺産をめぐる場所へご案内。40+35の旅のかたちを写真とともにルポ。　各2000円

戦後八〇年

占領と引揚げの肖像 BEPPU 1945-1956

下川正晴　占領軍と引揚げ者でひしめく街、別府がBEPPUであった頃の戦後史。地域戦後史を東アジアの視野から再検証。　2200円

十五年戦争と軍都・佐伯　ある地方都市の軍国化と戦後復興

軸丸浩　満州事変勃発から太平洋戦争終結まで、連合艦隊・海軍航空隊と共存した地方都市＝軍都の戦中戦後。　2000円

戦場の漂流者　千二百分の一の二等兵

語り・半田正夫／文・稲垣尚友　戦場を日常のごとく生き抜いた最下層兵の驚異的漂流記。　1800円

占領下のトカラ　北緯三十度以南で生きる

語り・半田正夫／文・稲垣尚友　米軍の軍政下にあった当時、島民の世話役として生きた帰還兵の真実の声。　1800円

占領下の新聞　別府からみた戦後ニッポン

白土康代　別府で昭和21年3月から24年10月までにGHQの検閲を受け発行された52種類の新聞がプランゲ文庫から甦る。　2100円

日本統治下の朝鮮シネマ群像　《戦争と近代の同時代史》

下川正晴　一九三〇～四〇年代、日本統治下の国策映画と日朝映画人の個人史をもとに、当時の実相に迫る。　2200円

近代化遺産シリーズ

産業遺産巡礼《日本編》
市原猛志　全国津々浦々20年におよぶ調査の中から、選りすぐりの212か所を掲載。写真六〇〇点以上。その遺産はなぜそこにあるのか。
2200円

九州遺産《近現代遺産編101》
【好評12刷】

砂田光紀　世界遺産「明治日本の産業革命遺産」九州内の主要な遺産群を収録。八幡製鉄所、三池炭鉱、集成館、軍艦島、三菱長崎造船所など101施設を紹介。

2000円

肥薩線の近代化遺産
熊本産業遺産研究会［編］　全国屈指の鉄道ファン人気の路線。二〇二〇年の水害で流失した「球磨川第一橋梁」など、建造物・構造物の姿を写真と文で記録した貴重な一冊。
2100円

熊本の近代化遺産　上 下
熊本産業遺産研究会・熊本まちなみトラスト
熊本県下の遺産を全2巻で紹介。世界遺産推薦の「三角港」「万田坑」を含む貴重な遺産を収録。
各1900円

北九州の近代化遺産
北九州地域史研究会編　日本の近代化遺産の密集地北九州。産業・軍事・商業・生活遺産など60ケ所を案内。
2200円

◆各種出版承ります
歴史書、画文集、句歌集、詩集、随筆集など様々な分野の本作りを行っています。ぜひお気軽にご連絡ください。
☎092・726・9885
e-mail books@genshobo.com

比較文化という道

歴史を複眼で見る　2014～2024
平川祐弘　鷗外、漱石、紫式部も、複眼の視角でとらえて語る。ダンテ『神曲』の翻訳者、比較文化関係論の碩学による84の卓見。
2100円

メタファー思考は科学の母
大嶋仁　心の傷は過去の記憶を再生し誰かに伝えることでいやされていく。その文学的思考の大切さを説く。
1900円

生きた言語とは何か　思考停止への警鐘
大嶋仁　なぜ私たちは、実感のない言葉に惑わされるのか。文学・科学の両面から考察。
1900円

比較文学論集　日本・中国・ロシア
《金原理先生と清水孝純先生を偲んで》
日本比較文学会九州支部［編］西槇偉［監修］　安部公房、漱石、司馬遷、プルースト等を軸に、最新の比較文学論を展開。

2800円

［新編］荒野に立つ虹
渡辺京二　行きづまった現代文明をどう見極めればよいのか。二つの課題と対峙した思索の書。
2700円

玄洋社とは何者か
浦辺登　テロリスト集団という虚像から自由民権団体という実像へ修正を迫る。近代史の穴を埋める労作！
2000円

非常に古い風習の話なんですね。なんで人身御供の話を生涯最後になって書かなくちゃならなかったのか。これには伏線がたくさんあるんです。

彼女は非常に早くから、この人身御供という風習に深い関心を持っておりました。というのは、江戸時代の一八世紀の大旅行家に古川古松軒という人がおりまして、『西遊雑記』という旅行記を書いています。これは「東洋文庫」(平凡社)にも入っておりますから、みなさんお読みになりたければすぐ読める本です。つまり古松軒が九州までやって来て、水俣にもやってきた。それが天明三年、一七八三年です。その時、海岸に人がいっぱい集まってきていて、神主みたいな人もそこにいて、そしてみんなで人形を作っている。古松軒が尋ねると、その人形をこれから雨乞いのために流すんだ、竜神さんのもとに人形を行かせるんだということで、そこで神主が出てきて、雨乞いの文言を唱えるわけです。「竜神、竜王、末神々へ願い申す。姫は神代の姫にて祭り、雨をたもれ、雨をたもれ。雨が降らねば木草も枯れる。人種も絶える。雨をたもれ、姫おましょ、姫おましょ」とね。この文言はそっくり『沖宮』の中で採用されております。古松軒が聞くには、今は雨乞いで人形を流すんですけども、二〇〇年昔は村々の娘たちにクジを引かせて、実際に若い女を沖に沈めていたんだという。こういう話を古松軒は書きとどめている。

彼女はこれを三〇代に読んだんだと思うんですけど、私に言わせれば、彼女は『西遊雑記』なんか読む人じゃないからね、この話もおそらく『水俣市史』あたりを通して、ご承知になったんだと思いますが、とにかく非常に深い印象を受けたのですね。それはまず最初に『苦海浄土』に引用として出てくるんです。これは水俣というのがどういう土地かというのを説明して、万葉にはこういうふうに出てくる、何とかにはこう出てくる、という流れの中で、水俣という土地の説明として、古川古松軒が記録した話がそこで紹介されているんです。ですから、この雨乞い、人柱を立てるというモチーフ自体はそこで特に突っ込んで論じられてはいないんだけども、もちろん水俣病患者のことが念頭や背景にあって、このエピソードを『苦海浄土』の中に書きとどめたのであるのは明白であると思います。

この『西遊雑記』の雨乞いの話はたびたび、この後、ほかの著作の中に出てまいります。『椿の海の記』にもこの部分は引用されていますし、『十六夜橋』にも雨乞いに人形を流す話が出て来ます。しかも『十六夜橋』では、人形を載せた舟に稲光りが立つというのですから、『沖宮』のイメージは非常に古くから彼女の中に在ったわけです。この雨乞いの人形というのは非常に印象深い話として、これが彼女の心の中に深く刻み込まれたことは間違いない。つまり彼女は若い娘が雨乞いの人柱として村の犠牲になるという話に非常に深く動かされるということがあったんだと思う。

それはなぜかと考えてみますと、この人柱に立つということには、両面性があります。一つは村共同体のために犠牲になるという美しい面で、娘は覚悟して村のために命を捧げるのだし、一方村人は犠牲になってくれる娘に感謝するという面があります。しかし、もう一つの面は、要するに雨が降らないと米ができないわけですから、「人種が絶える」というふうに自分達が餓死するわけですから、自分達が餓死しないためには一人の少女の命を犠牲にしてもかまわないという、村共同体の非常にシビアな集団エゴイズムが表れているという、両面性があります。彼女はこの両面性に深くとらわれたんだと思います。

村が村人に対して、共同体のために犠牲を要求するのは、こういうふうな雨乞いのための人柱というだけではありません。一六世紀の戦乱の時代、さらに一七世紀の初めまで、つまり乱世の時代から近世の初期までは日本の村というのは、例えばいろんな理由で隣村とのトラブルを起こすとか、血なまぐさい事件があって、相手の村とかあるいは上級の権力から、責任者を一人差し出せと言われる。その責任者を下手人と言ったわけです。下手人を代表として出して、その下手人が打ち首になることで、村はそれ以上の咎を免れるというしきたりがありました。その際、下手人として差し出すべき人物を日ごろから村は養っていたんです。それは乞食が多かった。村の中で乞食のようなものを、いざという時に下手人として責任者として、公に差し出すために村で養っていた。必ずしも非人とは限らないのですが、村共同体の中では疎外されているというか、一番下層に属するというか、そういう人達が犠牲に立つわけですが、犠牲に立ってもらう代わりに、子孫末代まで養う。あるいは場合によっては、お前は下人、水のみ百姓であるが、下手人として立ってくれたら、お前の子孫は村役人にするよ、村の名主格の家柄に取り立てるよ、子孫代々養うよ、とそういう措置を取ったわけです。これは村共同体のため、みんなのために犠牲になるといえば美しいようだけど、一面では非常に陰惨な面も持っていたわけなんです。

現にこの作品においても、あやという少女は原城にこもって討ち死にした百姓の娘なんです。この娘を村の親戚で引きとって育てている。つまり両親がいない。原城で死んでいる。というのは母親が四郎の乳母ですから、両親は原城で四郎と運命をともにしている。で、生き残った孤児を村で養っていたわけです。竜神さんに人柱を出さなきゃいけないが、村には誰かいいのがおらんかと見渡した時に、さっと目が行ったのは、原城で戦死した人間のみなしごであったわけですね。ですから、村からいえばちょうど適当なのがいた。原城で戦死した人たちというのは反乱者ですからね。『沖宮』の舞台が原城の反乱の何年後に設定されているのか分かりませんが、あやは五歳ですから、乱から一年か、せいぜい二年がたったぐらいでしょう。ですから、この村の村人達は、反乱には参加しなかったんですね。ところが反乱に参加した人の娘があやなんですね。幕府は天草の村々の回復のために非常に苦心して、寺も新しく設けて、壊滅した部落にはよそから移住民を入れて復興させたわけですけど、とにかく村人達は反乱には参加しなかった人達ですから、そういう人達が反乱で死んだ夫婦の忘れ形見を犠牲に供するというのは、今の言葉で言うなら差別ですね。人身御供の話はそういう両面性を持っているわけであります。

そうなると、注目すべきは、石牟礼さんがあやという少女に自分を重ねている点ですね。このあやっていう少女は石牟礼道子なわけです。その証拠には『十六夜橋』という作品がありまして、石牟礼さんの作品の中ではあまり読まれていないわけですが、非常な傑作です。読んで頂きたいんですが、これは彼女の一家の物語なんです。彼女にはおもかさまという、『椿の海の記』や『あやとりの記』に出てくる神経どん、つまり精神を病んだおばあさんがいるわけですね。このおもかさまというのは非常に大きな存在なんですけど、『十六夜橋』では「志乃」という名前で、最初はまだ娘として出てきまして、とうとう気が狂っていく。その孫があやなんです。これは明らかに石牟礼道子ですね。このあやというのは「志乃」と並んで、主人公といっていい位置を与えられているんです。ですから『沖宮』のあやも名前からして自分のことなんですね。

それじゃ、彼女はどうして自分自身を村のために、村人が餓死しない、人種が絶えてしまわないために自ら身を捧げる、そういう定めにある者として描くのでしょうかね。

作品をよく読んでみますと、もともとあやは竜神の娘だったと書いてあるんですね。もともと竜神の娘だったというんですから、「沖宮」は竜神の居場所でありますから、そこへ帰って行くことは悲しいことではない。むしろ望ましいことかもしれない。つまり、あやが「沖宮」に帰って行くということは、帰るべきところに帰って行くというふうな設定がされております。ですから、一面で非常に美しいことです。美しいといえば、さきほど志村洋子さんの話にありましたように、まさに志村ふくみさんが織られたあやの衣装がこの舞台にとっては非常に大きなポイントになっている。石牟礼さんにとってそうである。あやが着る朱の色というのに思いを表現したんです。その朱の色というのは人間が救済されるべきところに抱きとられ、本来あるべきところに帰って行く、そうした世界の象徴であります。人柱に立つというのは、そういうふうな意味もあります。この「沖宮」は竜神の住まうところだけではありません。大親、グレートマザーですね、大親が住むところというふうになっています。それは「むごきこの世に生きるより、いのちたちの大妣君のおらいます沖宮に行くがよい」と、こんなふうに語られているんですね。だから、大妣君がいる、そこに帰って行く。しかも、四郎との道行きになる。四郎が救い取って「沖宮」に連れて行く。雷になって落ちてきたのは四郎であるわけですね。そういう美しいイメージがあるわけですね。

ところがもう一面ではさっきから言っていますように、村の中でこの子なら犠牲に出してもいいんだという、原城での謀反人の娘であるから、親もおらんし、悲しむものもおらん、この娘なら人柱に立てていいという、非常に隠微なエゴイズムの表れでもあります。そういう面もこの作品にはある。じゃあ、なんで石牟礼道子は自分自身が共同体の隠微なエゴイズムによって犠牲にされるような、そういうふうな思い込みを持っていたのか。

さあ、これは一つの勘所でありまして、これから申し上げるのは私の解釈であります、みなさんに押しつけるわけではありませんが。要するに彼女は『苦海浄土』で水俣病の問題を取り上げ、さらに水俣病市民会議というのを作りあげた。その時点でお父さんから「昔ならお前、そんなことしたら獄門さらし首ぞ。その覚悟はあるのか」って聞かれた。水俣はチッソの城下町ですからね、チッソに盾つくというのは、獄門さらし首になるわけですね。その時に「あります」と彼女は答えた。その後、彼女のところにはいろんな脅迫の手紙や電話なんかも来ているわけですよ。そして、患者たちと行動をずっと共にした。つまり裁判ということになりましたけども、裁判だけじゃ心は晴れないので、訴訟派の患者さんたちとチッソの株主総会に乗り込んだ。乗り込むに当たっては全員巡礼の姿をして、高野山に登った。とにかく巡礼姿でチッソの株主総会の壇上を占拠した。

そしてさらに川本輝夫さんたちの直接交渉でチッソ東京本社を占拠して、機動隊に放り出された。放り出されて本社前にテントを設営して、あの寒い中、テントで過ごした。実はあとでは家を一軒借りて、そこで患者さんたちと過ごしたんだけれども、彼女の意識の中では流れ流れて東京で乞食になったんですよ。実際はさ、支援団体のいろんなところからカンパは来るわ見舞いは来るわ、そんなにみじめだったわけではないんだけども、道子さんの頭の中では違う。川本さんは割と患者の中では元気な人だったんだけど、元気な人ばかりではなかった。小道さんという当時は七〇歳ぐらいのおじいちゃんがいて、シベリア出兵に行ったという人ですからね。そういうじいちゃんまで出てきて座り込んだわけだからね。つまり水俣病患者というのは、どこかにいけば私たちの訴えを聞いてくれることがあるんじゃないかと裁判をしてみた。裁判したら裁判所はどうもそういうところじゃないみたい。それでどこにいきゃ、自分の訴えを聞いてくれるところがあるんだ、つまり国はどこにあるんじゃ、自分の訴えを聞いてくれる国というものがあるはずだ、どこにあるんだっていって東京まで行っちゃったわけ。そして東京乞食になっちゃったわけなんですよ。東京乞食になって孤立無援。実際は支援も盛り上がっていたんだけど、彼女の頭の中ではあくまでも東京乞食。カンパもらったって、それも乞食だからね。

その時彼女の頭の中に浮かんだのが、原城のことです。つまりチッソ東京本社に籠城して追い出されて、テントに泊まり込んだ患者と自分達が、原城に立てこもった百姓たち、キリシタンたちと重なったわけですね。であるから、どこいっても訴えを聞いてもらえないという、非常に疎外された、行くところがない、寄る辺がないものたちが決死で籠城したという思いが、一種の誇張ですけどね、彼女の文学、詩人的な感性というものがそういうふうに誇張した面はあるけれども、彼女のなかにはあった。患者の中にも川本さんたちの中にもそれはあったでしょう。そういうふうな、自分達は結局、ほかの人たちから見捨てられて行くところまで行くんだという感じがあってね。これが人身御供で人柱として流されるような潜在意識というか、強迫観念ね、英語でオブセッションと言うんだけども、オブセスされる、つまりとり憑かれるものとして、彼女の頭の中に宿ったんだと思うんですよね。

だから、そのあと彼女が作品を書いていっても、絶えず世の中から迫害されているようなオブセッションがずっとあってね。つまり迫害されているということは、自分が言いたいことが相手に聞こえない、つまり人間同士で、相手の言うことも聞こえない、自分が言うことも向こうの耳に聞こえない、人間というのはつらい悲しいところにいるんだ、そういう悲しいつらいところから救い出されたいという願望ね、その願望が一方で迫害されて、人柱に立っていくというみたいなイメージにもなるし、それが一方では大きなものに、行くべき所に、竜神というか大妣君、グレートマザーがいるところに帰っていくようなね、そういう二つの両面の衝動になっていると思うんですね。この作品というのは、そういう意味で彼女自身の非常に深い衝動を表している作品だと私は思っております。

言い忘れちゃいけないけど、人柱に立つあやが着ていく衣装のことね。これはもともとある百姓の家に古い旗指物があったというんですよ。その旗指物の布を川できれいに洗ったら、この世にもないような美しい朱の色になったというわけです。その朱の色の布で、あやの衣装を縫うということなんですね。そうしますとね、なんで百姓の家に旗指物があったわけ？　そんなものあるわけないでしょう。それは戦さ道具だからね。だから旗指物っていったらさ、原城にこもった百姓の遺品じゃないの？　原城にこもった百姓の旗指物が、その百姓家に残ったとか、そういう説明はなされていないけども、そうとしか考えられない。あやが着ていく衣装は、もともと原城に籠もった百姓の旗指物なのね。そしてそれを川で洗ったら、この世にないような朱の色になったというわけね。この世にないような朱の色というのは、さっき志村さんの映画があって、この世にないような色というのが植物から出てくるのよという話があったけども、まさにこの世を超えたもうひとつの世を象徴しているわけですが、これは原城で死んだ百姓たちの魂の色でもあるんだね。そして、そうした衣を着て舟に乗って乗り出していく、当然「沖宮」で死ぬ。そうすると、そこには竜神さんやら大妣君が待っている。もともと竜神の娘だったというわけですから。ここでなんで四郎が出てこんといかんのかね。

四郎と道行きすると書いてあるんだね。つまり四郎との道行きになって、あやは五歳だけども、四郎は恋人みたいになってくるわけなんだね。四郎とは乳兄弟だからね、二人で道行きするというわけなの。そうすると、人柱に立って沖で舟が沈んでというのがさ、道行きになるわけね。道行きというのはさ、人形浄瑠璃で近松の有名な文句があるでしょう。「死に行く身をたとうれば／仇しが原の道の霜／一足づつに消えて行く」という、あれが思い起こされるわけで。彼女はもともと道行きが大好きなの。心中大好きですからね。でも、なんで相手が四郎なのよ。四郎というものは救済者として出てくるわけね。理屈を言うと、竜神の娘と書いているわけだから、さっさと一人で「沖宮」にいけばね、それで故郷に帰ったことになるんだけど、その前に四郎が出てきて、雷みたいに降ってきてね、道行きになるのはなぜかというわけなんだけど、要するにこのあやという少女が救われるのは、何によってであるかというと、原城にこもった二万何千人の亡霊達が味方についているわけですよ。これが最終的に救済者になるんですよ。要するに原城の中で天上に魂が帰った二万何千人という百姓達ね、これが救済者なんです。

だから、彼女の中の救済者というのはイエスキリストでもなければ、ブッダでもなかったわけね。彼女にとっての救済者というのは、究極的な民の姿だったんです。民といってもいろいろあるけどね、原城にこもってことごとく討ち死にした百姓達というのは、それが彼女にとっては神だったわけだよ。だから、要するにあやというのは孤独な石牟礼道子自身よ。石牟礼道子というのは生まれてきた時以来、自分は変わり者でこの世とはうまくいかない、この世とはうまくいかないと思っていた人だからね。あの人は赤ちゃんの時はいっぺんぐずり泣きし始めたら、後は火が付いたようにずっと泣いて、痙攣が起こるまで泣きやめなかったそうだからね。お母さんの話ではね。ひきつけを起こすような泣き方をしていた人なんですよ。だから生まれてきて、文句言っているわけですよ。ここは私の生まれてくる場所じゃなかったって。そういうこの世との違和感ね、この世の中では自分は非常に変わり者であって、うまくいかないで、普通の人々はうまくやっている中で自分一人うまくいかないみたいな疎外感ね、そういうものをあやは表しているんですよ。ところが救済してくれるのは四郎、つまり究極的な民の姿ですね。

そういう究極的な民の姿というのは、これもまた石牟礼道子にとってロマンであるわけです。ロマンであるけれど、原城においてはそれが奇跡的に実現されているんです。これはあの討伐軍の一翼を担った細川の殿様が乱の直後に手紙で書いているんだけども、実際に細川の殿様は原城最後の日を見ていて、落城にあたって建物が炎上して焼け落ちてしまい、百姓や百姓の女たちがその燃え落ちた建物を押し上げて、燃え盛る熯の中に入っていったんですよ。細川忠利は「百姓ながら見上げたもんだ。なかなか自分たちは及ばない」と感心しているんです。そういうふうにして最期を遂げた民の姿というのは、民衆、民というのはいろんなフェイズ、アスペクト、相を持っているわけですけれど、その中で石牟礼道子が最後に、自分の帰っていくところと考えていた一つの民の姿なのでしょう。それが四郎として出てきたわけ。それが救済者だったわけ。

もう少し正確にいうと、原城で死んだ人びと、その象徴としての四郎は、「沖宮」へ赴くあやの同行者、つまりあやを救済する案内者なんだね。お兄さんたちはもう美しい世界へ行ってるんだよ、そこへ連れて行ってあげようね、もともとあやはその世界の人だったんだものねというわけなの。「沖宮」は大妣君や竜神のいるところだけれど、そこにはもうちゃんと原城の死者二万数千が先に行って待っているの。だから、あやを舟が送り出して、ありがたやありがたやとおがんでいる浜辺の村人は、原城の死者、つまり自分の仲間を弔っていることになるの。『沖宮』はそういう含意をもつ作品なんです。石牟礼さんは全文業をもって、この国の古きよき民と心中なさろうとした作家です。自分は今はもう亡きこの古い民たちと、妣神の待つ美しい世界へ道行きなさるつもりだった。だから『沖宮』という作品は、彼女の深いところにあるコンプレックスとか衝動とか、オブセッションとか、深いところにある思いが出ている作品なんですよ。自分なりにかなり強引にこじつけたところもありますが、そんなふうにちょっと読み解いてみたんですが、ほかにいろいろ読み解き方はあると思います。そういう意味で面白い、読みがいのある、解釈のしがいがある作品だと思います。

書評『不知火おとめ』

石牟礼道子『不知火おとめ』は、著者の十八歳からはたちのころ、すなわち一九四五年から四七年にかけて書かれた詩文集である。版元は藤原書店で、同書店がなし遂げた偉業『全集十七巻・別巻二』に収められたものも、『タデ子の記』など若干含まれてはいるが、大部分は『全集』未収録で、のちには代表作『苦海浄土』三部作の詩人となって現れる著者の原点を示すものとして、数多いファンたちの関心をひかずにはおかぬだろう。

何といっても注目されるのは、彼女が二十歳のとき初めて書いた小説『不知火おとめ』である。彼女はのちに『サークル村』に『愛情論』という重要なエッセイを発表しており、その中で、結婚当初「結婚ヶ何ですか」と質問を発し続けて夫を悩ませたと書いている。『不知火おとめ』に描かれているのはまさに、「結婚ヶ何ですか」と問うてやまぬ厄介な若妻の姿なのである。

苦難を蒙る他者への熱いまなざしに石牟礼の文学の本質を見ようとする人は、彼女のこの処女作が、自我と周囲の葛藤を描く「私小説」風であることが意外でもあり、がっかりでもあるらしい。私小説には他者はいない。石牟礼も文学的出発に当たっては他者の見えぬ私小説的作法にとらわれていた。ただ、列車の中で見つけた戦災孤児をわが家に連れて帰る『タデ子の記』には、後年の彼女につながるものが見出せる、といったふうに。

篠田一士・丸谷才一以来、私小説は日本近代文学をつまらなくした元凶だということになっている。車が空を飛んだり、裸の女がパラシュートで降りて来たりするのが、「物語」であるべき文学の本来の姿だという。

しかし、近代小説とは一人称だろうと三人称だろうと、すべてイッヒ・ロマンだったのである。『若きウェルテルの悲しみ』も『貧しき人々』もそうなのであって、日本近代小説の一帰結たる私小説も、イッヒ・ロマンの変型たるを失わない。私小説に他者がいないというのは、神話にすぎまい。中核に自我と環境との違和・相剋を据えるのがイッヒ・ロマンで、この中核を持たぬのはただのお話だというのが、近代文学の矜持であった。

この矜持には袋小路が待っていたが、にもかかわらず自我と、それを取り巻く出来上がった世界の間に生ずる軋りを発条としない、おもしろおかしい物語はエンタテイメントにすぎないという鉄則は変わってはくれないのだ。

私はかつて『苦海浄土』は石牟礼道子の私小説だと書いて物議をかもしたことがある。彼女が生まれつき持つ人間世界への違和感なしに、水俣病患者の苦しみの核心に到達できなかったと、私は言いたかった。寄るべなくこの世にほうり出された赤児（あかご）の孤独、言葉も思いも他者に伝わらないもどかしさこそ、この人の一生変わらぬ文学的主題だった。

処女作『不知火おとめ』を貫いているのも、人の世になじまぬこのようなもどかしさであり、それゆえにこそ主人公は「結婚とは何か」ともだえるのである。単なる性的な男女関係は、彼女の後年の表現によると「接続詞のようなエロス」にすぎない。男女間の愛も含めて、人間のみならず山河・鳥獣をも一員とする他者と、おのれとをつなぐ根源的な愛を求めるゆえに、彼女は「結婚とは」と問うひねくれ者となる。

この作品は実際とは異なる夫や両親の像を作為している点で、フィクションであることを忘れてはならない。しかし、ここに表出されている強烈な世間への拒否と懐疑こそ、二十歳の彼女の取り下げようのない真実であり、タデ子への思いも、後年の水俣病患者への憑依もこの泉から湧き出たのである。

ほかに収録されている日記・手紙・短歌の類は、幼くはあってもあの大戦を一少女がどう受けとめたかを語るものとして、ファンのみならず広く読まれてしかるべきだろう。だが私はやはり、言葉の霊にわしづかみにされた希有の才能の存在を感じないではいられない。まだ未熟でも、この少女には言葉に対する自分だけの構えと感覚がある。歌集につけた序文にも杳かなものへの一筋縄ではいかぬポーズがあるのだ。参った参ったというのが私の実感だ。

書評『「苦海浄土」論』

一九六九年に『苦海浄土』で世評を得ながら、石牟礼道子は長い間、文学者・詩人として正当な評価を受けて来なかった。いまは状況が変わって、ひとつは藤原書店による『全集』（全十七巻）の刊行のせいもあったかと思うが、池澤夏樹・町田康・岩岡中正などによる画期的な論考が発表され、若手の評論家も競って石牟礼を論じ始めている。

これは当然至極、むしろ遅すぎたと言えるくらいだ。なぜなら彼女は草創以来百二十年を閲する近代日本文学中、ほとんど唯（ただ）一人と言ってよい独自なポジションを占める作家であるからだ。この度藤原書店から刊行された臼井隆一郎『「苦海浄土」論――同態復讐法の彼方』は、このような石牟礼道子再評価の中でも出色の一冊と言ってよく、これまで書かれた石牟礼論の最高峰とみなして然るべきだと思う。

というのは、この本が『苦海浄土』三部作の意義を徹底的に説き明かしているからだ。石牟礼は、単に水俣病だけをテーマにした作家ではない。私自身はこれまで専らそのことを主張して来たけれど、『苦海浄土』三部作が彼女の作品群中占める重要な意義を看過していたのではなかった。ただいろんな理由から、彼女と水俣病事件との本質的な関わりについては、言及するのを回避して来た。

ところが臼井氏は的を『苦海浄土』に絞り、見事にそれを射抜いたのみならず、それによって石牟礼の文学的本質を白日のもとに開示したのである。この力業が可能になったのは、氏がバッハオーフェンの『母権論』を準拠枠として採ったからで、しかもミュンヘン宇宙論派の解釈に従って、『母権論』の意義を「太古の大地の生命観を、現代のセメント漬けにされた世界に甦らせたことにある」と読みとったからである。

氏はまず彼女が谷川雁と出会い、存在の原点へ降りて行けという雁の有名なテーゼを、彼女が「わたし家(げ)の方角」と受け取ったことを叙べる。雁の示唆を受け、さらに高群逸枝を自らのうちに受胎することによって、彼女はまさに太古の母権的世界、文字以前宗教以前の、人も生類も山河も、万物が交感する生命世界、彼女の言葉によれば「原郷」「原語圏」に慕い寄る。これが『苦海浄土』の基本構図なのだ。

このことを明確にするために、氏は「銭はいらん。かわりに水銀を飲んでもらおう」という患者の声から考察を始め、「眼には眼を」という同態復讐法に石牟礼自身が言及していることを指摘する。「ゆき女きき書」において患者坂上ゆきと一体化した彼女は、黒い死旗（しにはた）を掲げてチッソににじり寄る。ギリシャ神話の復讐の女神エリニュスは母を殺したオレステスを追い詰めるが、石牟礼は子宮としての不知火海を殺したチッソを追うエリニュスとなる。

しかし著者によれば、同態復讐法の本義は「損傷を受けた共同体秩序（人間と生類と風土の総体）の回復への希求」であって、単なる復讐ではない。『苦海浄土』は復讐の物語ではなく、原郷としての共同体の死と再生の物語なのだ。本書の副題が「同態復讐法の彼方」となっているのは、「もうあの黒い死旗など、要らなくなりました」という石牟礼の言葉、さらには「自分がチッソだった」と気づく緒方正人、「水俣病はのさり」と語る杉本栄子（のさりとは賜りものの意）という二人の水俣病患者の行き着いた地点を踏まえて、『苦海浄土』を、生命世界が回復不能までに損傷される「生類史」の終局的啓示、病む天に向かって祈る悲歌として読み解くからである。

この本にはこうした大きな構図があるだけではない。著者は繊細鋭敏な作品感受力に恵まれ、「這(は)う」という言葉が石牟礼の基本動詞であるとか、「物質」の復権が彼女のめざすところだとか、すこぶる示唆に富む。「物質」の復権とは土であれ水であれモノが本来の生命力を回復することで、水がH_2Oと化した現代を嘆いたイリイチが思い出される。

著者は『コーヒーが廻り世界史が廻る』というユニークな著書を持つドイツ文学者である。本書には神話学をはじめ博大な学識が詰まっていて、気楽には読めない。だが苦労しても読みあげたい。これは何よりも現代の生への深い危機感の所産だからだ。そして道子は救済の女神なのだ。

書評『潮の日録』

石牟礼氏はふつう水俣病患者の苦患を訴えた記録作家として世に知られているはずだ。だが彼女の『苦海浄土』や『天の魚』を読んだ人は、そこに描き出された不知火海の世界のあまりにあざやかな生命感におどろかされ、彼女が天成のことばの魔術師、すなわち詩人であることを痛感したにちがいない。

彼女が描き出すのは海や野やそこにすむ生きものと人間とが、交流し照らしあうような深い生命感である。人類がこのような生を失おうとしていることへのおそれが、彼女の作品に鎮魂と祈りのしらべをあたえる。

『潮の日録』は、このような独特な彼女の詩人的世界がどのようにして形成されたかという秘密を語る、彼女の初期作品集である。作品といっても、雑誌などに発表された記録・

報告のたぐいから、ほとんど日記・メモといったような断章にいたるまで採録されているが、それだけに彼女の赤裸々な内面と感受性が、読むものに強烈な印象をあたえずにはおかないだろう。

十九歳のときに書かれた「タデ子の記」という小品がある。戦災孤児をひろってきて育てる話であるが、彼女の魂はこの世の生命のありかたのひとつひとつに、深い痛みをおぼえずにはいられないのだ。自殺した弟のことを書いた「おとうと」を読んでも、著者の不幸への感受性のするどさにはおどろかされる。本書の主要部分をなす「愛情論」「とんとん村」「氏族の野宴」などの章に描かれているのは、このような日本の底辺労働大衆の不幸と悲しみである。

だが、彼女の感受性は、彼らの生活のなかのユーモアを見のがさない。中身の重さにかかわらずこの本を楽しく読めるのは、このユーモアと、かすかな光やひびきに目をこらし耳をすますような、すきとおった美しい文体のせいだ。

2

誤解を解く

『現代思想』誌が石牟礼道子特集をなさるという。ありがたいことである。私も一文を求められたが、いまは彼女について書くような気もちにはとてもなれない。ところが、一応辞退したあとで、愕然とするようなことに出会った。ある方が『苦海浄土』は渡辺との共作だと信じると、悔み状に書いて来られたのである。

共作とまではいかなくとも、『苦海浄土』の成立には渡辺の深い関与があったかのような風説は以前からあり、その度に私は打ち消して来た。私もあと長くは生きていないのだから、この際、このような推測を完全に一掃しておかねば、とんでもない悔いを残すことになる。

『苦海浄土』（第一部）はたしかに原題『海と空のあいだに』として、私が出した月刊誌『熊本風土記』に連載された。しかしそれは、水俣市、のちには東京「森の家」の彼女から熊本市の私に、毎月完成原稿の形で郵送されて来たのであって、私は誤字の訂正くらいはしたかも知れぬが、それ以上の助言も示唆も相談もした覚えはない。要するに、原稿を受けとって活字にしただけなのだ。

そもそも私が石牟礼さんと会ったのは、一九六二年、熊本市のある会合が初めてであり、その際もちょっと言葉を交わしただけだった。一九六五年、東京暮しを切りあげて熊本へ帰ったのち、『熊本風土記』を出すに際して、ぜひ彼女にも書き手になってもらいたくて、谷川雁さんの口添えも得て水俣に彼女を訪ねたのである。結果として水俣病に関する連載になったのも、私がそう頼んだからではない。第一、私はまだ水俣病に関心を持っていなかった。彼女が書くものなら何でもよかったのだ。すでに『西南役伝説』の連作をいくつか読んでいて、その才能には注目していた。

水俣病が主題の連載になったのは、まったく彼女自身の意向による。そもそも『苦海浄土』中の名篇「ゆき女聞き書」は、『サークル村』一九六〇年一月号に、「奇病」のタイトルで発表されているのであって、彼女は連載開始時までに、かなり各篇の下書きを書き溜めていたものと思われる。すなわち『苦海浄土』の成立には私は何も関わっていないのである。ただ私の雑誌にいただいただけなのだ。

その後、水俣病裁判が提起されるに至って、私は彼女と闘いを共働することになった。いわゆる水俣病闘争であるが、これは彼女と私（むろん私の仲間も含めて）の合作といってよい。だが、彼女の表現者としての仕事は彼女ひとりの所産であって、私はあくまで彼女が仕事ができる環境を整えたに過ぎない。

当たり前であろう。彼女の表現は日本近代文学史上かつて存在しなかった性質のものであって、彼女一個の天分に属する。彼女は近代において絶滅の一歩を辿った見者・感応者であり、私のような近代的知で成り立っている人間とは、土台ものごとの感受性と言語能力が異なるのである。

裁判の開始と『苦海浄土』出版後の彼女の売れっ子振りによって、彼女の身辺は俄かに怱忙を極めた。私が補佐役を勤めたゆえんであるが、その補佐とは具体的には原稿清書、最晩年には口述筆記、通信物などの事務処理、部屋の掃除、机の上の片づけ、パーキンソン病進行後は食品買い出しから食事作り、外出に当っては盲導犬がわりもしくはカバン持ちであって、彼女の文章による創造にはまったく関わっていない。

もちろん原稿を清書するとなると、前に書いたことと矛盾してますよとか、脱線しないでよとか言うことはあり、彼女と揉めることも際々であったが、それは彼女の言語表現の本質に関わることではあっても、彼女の仕事そのものに私の助力があったということではない。また『十六夜橋』の雑誌連載中、他の人物は年代の推移とともに齢をとるのに、主人公の少女だけ齢をとらぬのを発見、なんとか修正してもらうということもあった。だがこれも、単行本になる際、私でなくても編集者が気づいて修正に及んだことだろう。

要するに彼女は強烈でゆたかで広大な天分の持ち主であって、その天分の表現に私が関与できるはずがなかった。私は彼女の書くものから大きな影響を受けた。しかし、彼女が私の影響を受けたことはまったくない。私の著書なども拾い読みなさった程度だと思う。もっともこんな本がありますよと、教えてあげたことはあった。白川静さんの著作も阿部勤也さんの著作も、最初は私がその存在を教えてあげたのである。

また彼女の若き日のノートから、いくつか作品を掘り出したことはある。歌誌から作品を拾い集めて歌集にしたこともある。しかしこんなことは、彼女の前人未踏の表現活動にとっては枝葉末節に過ぎない。なお、彼女は一〇代から膨大な創作のノートを書き残している。そのノート群の調査は、三年前結成された「石牟礼道子資料保存会」によって進行中であり、その結果掘り出された未発表作品は、『道標』『アルテリ』の二誌に掲載されつつある。

以上をかんがみるに、私は一編集者ないしヘルパーとして彼女と関わったにすぎぬのであって、彼女の遺した表現のすべては完全に彼女自身のものであり、私の助力など必要としなかったのである。私はただこの偉大な才能が発揮されるのに必要な環境作りにいささか役立ったかとは思うが、それは私生涯のしあわせであって、得るものは私の方がはるかに大きかった。渡辺がいなければ今日の彼女はなかった、などと言う人がいるとすれば、その人は真相を知らずに完全に間違っているのだ。彼女は私など存在しなくても、必ずやあれだけの仕事を残したに違いない。それだけのすさまじい創造力の持ち主だったのだ。このことは呉々誤解されてはならぬ。だからこの一文を草した。

カワイソウニ

石牟礼道子さんについて、いま私は何も語る気にはなれないのです。方々からの注文はみな断りました。ただひとつ例外として、『現代思想』に短いものを書きましたが、これは『苦海浄土』の成立について誤解なさっている方があって（そういう誤解は従来もあったのですが）、それを解くのに必要なことだけを明らかにしたのです。

今回の黒田杏子さんのご依頼もお断りしたいところですが、黒田さんの故人への御厚志を思い、ひと言、ふた言くらい申し上げることに致します。

私は五十年にわたり故人のお世話を致しましたが、それは故人の大才が発揮されるための日常の環境づくりに尽きておりまして、彼女の仕事は私に関わりなく彼女自身のものです。私がいなくても、あの方はあれだけの仕事を独力でなし遂げたに相違なく、このことははっきり申し上げておきます。

じゃ何でおまえは五十年間も原稿清書やら雑務処理やら、掃除片づけから食事の面倒まで
みたのかとお尋ねですか。好きでやっただけで、オレの勝手だよ、と答えればよいのですが、もちろん私は故人の仕事が単に大変な才能というにとどまらず、近代的な書くという行為を超える根源性を持つと信じたからこそ、いろいろお手伝いしました。その手伝いなんて誰でもやる気があればやれること。特筆に値しません。私はその間ちゃんと家族も養い、自分の本も書きました。故人に捧げし一生という訳ではなかったのです。

しかし、そういう大変な使命を担った詩人だからこそ、お手伝いに意義を感じたのだと言えば、もうひとつ本当ではありません。私は故人のうちに、この世に生まれてイヤだ、さびしいとグズり泣きしている女の子、あまりに強烈な自我に恵まれたゆえに、常にまわりと葛藤せざるをえない女の子を認め、カワイソウニとずっと思っておりました。カワイソウニと思えばこそ、庇ってあげたかったのでした。

ひとに必要とされるのは何より単純明快な生き甲斐であります。私はいまその生き甲斐を失って、生まれて初めて何のために生きるのかという問いの前に立たされました。笑う

べきことであります。

石牟礼道子闘病記

石牟礼道子氏がなくなられてから、新聞各紙の過熱した報道ぶりは一文学者の死としてはかつてみざるところで、『文學界』巻末の名物コラム『鳥の眼・虫の眼』の筆者相馬悠々は、「どうも女神さまのご宣託をありがたがっている記事が目立ち、気持ち悪い」と、「なんとも言えぬ違和感」を表明、「作家の精魂は作品の中にある。作家を神にしてはならない」と結んでいる（同誌二〇一八年四月号）。現われてしかるべき批判というものの、なぜこのような現象が出現したか、単に一部記者が彼女を「女神」のように扱ったからだというにとどまらぬ、もっと広くて深い精神的背景が存在すると見るべきだろう。

私は一貫して彼女を詩人・文学者として正当に評価すること、つまりは水俣病への関与に端を発する、彼女を社会問題の告発者、あるいは人類の滅亡ないし救済の預言者のようにみなすような風潮をただすことを望んで来た。しかし今となって考えれば、この人は確かに詩人以外の何者でもなかったのであるが、その死が人びとに与えた衝撃の広さ、深さを想うとき、古代において詩人がそうみなされたのとおなじく、この人に一種の預言者を見出すのは、必ずしもメディアの作り上げた虚像ではないのかも知れない。預言者とはコトバを預る者である。古代の預言者が預ったのは神のコトバである。しからば故人は何のコトバを預ったのか。天地のコトバであり山河のコトバとしか言いようがない。これが文学者としての故人の特異性である、宮沢賢治がそうであったように。

しかし、私は、故人が何者であったか、これ以上論じたくない。もう少し生きられるのであれば、いつかこの特異な詩人の本質を再考してみたいけれど、いまはそんな気分にはとうていなれない。第一、彼女について書くのが肉体的に苦痛だ。いま気力をふり搾って書いておこうとするのは、彼女の臨終についての報告である。それを書くのは私の義務であるだろう。そのためには、パーキンソン病発病以来の経過も略述せねばならぬ。主として私の日記に拠りつつ、故人の闘病と最期について報告したい。

体質を言えば、彼女は幼少時より、もともとすぐれて健康な人だったようである。小学生の頃は走るのが速く、平均台も得意だったと聞いた。十代の終り、代用教員時代に結核にかかったが、それも半年ばかりの療養ののちは、再発することがなかった。私が知り合ったのは彼女が三五歳のときだが、それ以来の彼女は生命のエネルギーが充満していたというのが私の印象であり記憶である。

ただ、精神的なストレスは受け易い体質で、その一方、ストレスに屈しない精神的かつ体質的な強さがあった。一九七七年、雑誌『潮』の仕事で上京後、かなり体調が悪くなったので、五月二六日から山梨県塩山の中村病院に、約ひと月入院したことがあった。この病院は橋川文三氏の紹介で、院長の中村克郎氏は「日本戦没学生記念会」の理事長をなさっている方であった。しかし、入院はしてみたものの、いろいろ検べてみたところ、悪いところはどこにもなかったのである。院長からは「まったくの健康体です」と太鼓判を捺された。入院前の、まるでいまにも死にそうな様子は何だったのか。

一九七八年から仕事場を健軍四丁目、真宗寺のすぐ脇の借家に移したが、一六年間にわたるここでの生活においても、体調を崩すことはしばしばあっても、それは徹夜を含む過激・不規則な仕事ぶりと、生来の外界に対する病的なほどの過敏な反応のせいで、常人をはるかに凌ぐ生命力を発揮していたというのが、顧みての私の所感である。この期間に限ったことではないが、この人は月に数回水俣のわが家と熊本の仕事場間を往復するのみならず、講演や取材や、いわゆる執筆のための「罐詰」などで、日本全国を飛び廻っており、その頻度も月に二、三回に及ぶことがあった。また訪れる友人や客も多く、その度ゆたかな手料理を供した。私はこの時期から、キッチンに立って彼女や来客のために料理を作るようになったが、それもときどきというに過ぎなかった。健康維持のために夕刻散歩させるようになったのもこの時期であるが、一回四キロていど速歩で歩いても、しっかりついて来られた。

と言っても、健康状態はずっとよかった訳ではない。心房細動と診断されたり、腎盂炎にかかったり、発熱臥床もたびたび、心的抑鬱状態は周期的だった。しかし、大量の執筆、頻繁な旅行（一九八八年にはマグサイサイ賞受賞者会議のため、バンコック行もあった）、川本輝夫氏を中心に続く水俣病関連の活動への関与等々を考えれば、身体的負担も心的ストレスも当然で、これを何とか乗り切った体質と心の強さの方がむしろ驚異だった。

しかも一九八八年五月には、彼女の心の支えだった母堂ハルノ氏が逝かれた。糖尿病を発症して同年六月、益城町の永田医院に入院したのはその打撃のためかも知れない。永田慶二医師は真宗寺仏教青年会のＯＢで、この入院も真宗寺の紹介による。入院は約ひと月であったが、糖尿病は以降、彼女の持病となった。

一九九四年四月、彼女は湖東二丁目（藤原書店刊『全集』別巻「詳伝年譜」に三丁目とあるのは誤り）に転居したが、湖東時代の前半は、糖尿病の問題はあったとしても元気で、九六年八月は日米環境文学シンポジウムのためハワイへ旅しているほどである。九六年はまた「水俣・東京展」の準備に奮闘した年であった。九七年に「熊日」をはじめとする七社連合の依頼で新聞連載小説『春の城』の準備にかかり、まず九八年一月から「高知新聞」、四月から「熊日」で連載が始まった。この仕事は文字通り彼女の生命を磨り減らしたと言ってよく、連載の途中から、散歩の際の歩度が遅くなり、九八年一一月一二日には、足が痛いといって散歩をとりやめたほどだった。実はすでに九六年二月七日、散歩させている途中、何でもない平地で突然転んだことがあった。あとで考えれば、これがパーキンソン病の予兆だったのかも知れないが、その時はそんなことは思いもつかなかった。

『春の城』全三一二回を書き終えたのは九八年一一月三〇日（新聞掲載は「高知新聞」一二

月八日まで、「熊日」翌年三月一日まで)。私の日記には「とうとう終った。七〇歳をこしてこれだけの大作をものにするとは大したものだと思う。この人はおそらく心身とも実年齢より十歳は若いのだろう」とある。一二月一五日「散歩。だいぶ歩行力を回復してこられた」。一二月二九日「散歩。かなり早く歩けるようになって来られた」。一九九九年から二〇〇〇年にかけて、口内炎にかかったり、風邪をひいたり、鬱屈して寝こんだりしたことはあっても、それは過労と心的ストレスにみちた彼女の日常の随伴現象で、概して言えば健康上まあまあの状態であった。糖尿値が悪化して二〇〇一年四月から翌月にかけて四〇日ばかり、東バイパスと江津ふれあい通りの交叉する角にある、かかりつけの坂本病院に入院したが、退院後とくに問題はなかった。ただこの年の私の日記一〇月二〇日の項には、「脚力が落ちたのが気になる」と記されている。

二〇〇二年二月六日、近くのスーパーへ行った帰りに転んだ。いま考えると、これが転機だったのである。私の日記三月一九日、「三〇分ばかり散歩、歩行がいちじるしくおそくなっている。何とか回復させねばならない」。しかし、四月二六日には、水俣フォーラムで講演のためとて、ひとり上京することができた。帰熊しての四月二八日、「I夫人、脚の具合悪化。とくに膝が痛むとのこと。何とかせねばならぬ」。五月一五日は熊本整形外科で受診。一六日には福祉生協の中村倭文男氏来訪、一七日にはまた中村氏が来て、足腰の負担軽減のためベッド設置。六月六日には介護保険適用の認定のため、市役所員が来訪というふうに事が進んだ。それでも七月一三日には、自作の能「不知火」を観劇するため、私の長女につき添われて上京を果している。

七月二八日に上水前寺二丁目の榎田弘宅に移った。湖東の家は気に入っていたが、老朽化が甚しかった。榎田君は人間学研究会（私と山本哲郎が創始した勉強会）の「研究所」をかねて自宅を新築したもので、道子はその一階三間を借り受けたのである。要介護と認定されて、週二回だったか、ヘルパーが来てくれるようになった。心房細動など、状態はよくなかった。以前は散歩には四キロ歩いていたのに、一キロがやっとになった。よちよち歩きで、本人も「着地感がない」という。

一二月には熊大病院に入院して、右眼の白内障手術を受けた。もともと彼女は早くから視覚障害があり、一九七二年には東京の順天堂大学で左眼の白内障手術を受けている。だが、当時の手術の技法では、術後はコンタクトレンズを装着せねばならなかったのに、彼女はそれをほとんど怠っていた。その左眼はさておき、やりやすい右眼から手術したのである。ついでに書いてしまうと、左眼の手術はおなじ大学病院で、二〇〇五年四月に受けた。結果は良好で、両眼ともかなり視力を回復した。

二〇〇三年六月には、ヘルペスが起って坂本病院に四〇日ほど入院。しかし、退院時には血糖値は正常になっていた。問題は歩行を始め、日常の動作がかなり緩慢になっていることで、状態が進めばひとりで入浴するのもむずかしくなるのではと心配された。山本淑子さん（哲郎夫人、内科医）はずっとパーキンソン病と診断していたらしいが、私がそれを初めて彼女の口から聞いたのはこの年一一月一五日だった。この月二六日から富山へ二日間出かけた。藤原書店社長の紹介で、民間の治療師にかかったのである。翌二〇〇四年二月二八日、かねて知り合いの北海道帯広の鍼灸師に治療受けるべく、妹の妙子さんつきそいで出発。東京を経て帰熊したのは三月二四日。「I夫人、七時帰熊する。顔色よろし。しかし歩き方は以前のまま」（日記）。いま考えてみれば、パーキンソン病にこうした治療が利くはずもなかったのだが、藁にでもすがりたい気持であったろう。

上水前寺時代は、熊本市と水俣で能「不知火」が上演され、彼女の居住する「人間学研究所」は上演実行委の事務所となり、彼女の身辺もひと際賑わった時期であり、また二〇〇四年四月には藤原書店から『全集』の刊行が開始され、彼女のこれまでの奮闘・精進が報いられる感があったが、彼女自身は次第にわが身の自由が利かなくなり、不安も深まって行ったに違いない。二〇〇四年八月には心房細動で苦しく、ヘルパーが市民病院に連れて行ったところ、着いた途端に症状が収まり、診察の結果も異常なしであった。二〇〇四年四月一七日の日記には「I夫人の世話、自信がなくなってきた。全集関係のこともう私にはカバーできない。それに食事をちゃんととろうとしない。今日も起床は三時すぎ。榎田君も『ご自分で悪い方へ行っておいでの気がする』と言う」とある。

彼女の食事を全面的に私が作るようになったのは湖東時代からで、以後「ユートピア」に入居するまで続いた。毎食四、五品は作り、栄養バランスも十分考えたつもりだ。「おいしい」とよろこんでもらったのも際々だが、手をつけようとしない時はどうにもならなかった。二〇〇四年一二月一六日の日記には、「このところI夫人が夕食をよろこんで下さってありがたい」とあり、その直後二二日には「I夫人、チャウダーのカキをはねのけてたべない」とある。

二〇〇五年四月から、米満公美子さんがヘルパーとして来て下さるようになった。道子夫人は彼女がすぐ気に入り、「とてもいい感性の持ち主」と、最大級の評価だった。米満さんはこののち、単にヘルパーとしてではなく、個人的な親友として彼女を看取って下さることになる。私自身、彼女なしに一人で道子夫人を支えるなど、老いつつある身には到底不可能であった。

彼女のからだの具合は、よい時も悪いときもあり、判断がむつかしかったが、二〇〇五年一〇月二七日の早朝八時半、安全センターから道子夫人の様子がおかしいから見に行けと電話あり、すぐかけつけると目まいがして起き上がれないとのこと。当日は伊藤比呂美、町田康夫妻が午後から来訪の予定で困ってしまった。主治医の山本淑子さんも二度往診して下さり、予定通り来訪された三人に、私が食事を供してお相手しているうち、やっと顔出しされた。この日夕食はどうにかとれたが、便所に一人で行けぬので私が泊りこんだ。翌日もおなじ状態で、その夜は米満さんが泊って下さった。

こんなことがあるかと思えば、回復も早くて、一二月四日には友人たちと車を連ねて南阿蘇へ遊びにゆかれた。この月下旬には金大偉氏が彼女の朗読を撮影しに来たときも、三日間ちゃんと勤められたのである。また同月二七日には米満さんにつき添われ、鶴屋（デパート）にも出かけている。明けて二〇〇六年の四月二三日には、私とヘルパーさんつき添いではあるが、朝日新聞社主催の「水俣病発見五〇年記念シンポジウム」（福岡市）にもタクシーで参加できた。

二〇〇七年も何とか無事に過せたのだが、一〇月一六日に「脚が痛くて立っておれぬ、もう長くはない」と言われた。その前夜も「寝たきりになったら、水俣へ送り返したりしないで下さいね」とも。水俣に帰っても、夫君の弘氏は前年ガンの手術をなさった病人であり、とも倒れになるばかりなのに。そういう弱音が出るようになったけれど、その月の二八日の仲間での阿蘇行には、ちゃんと同行なさったのである。

二〇〇八年五月、京塚の山本ビル四階に転居。この山本ビルは山本哲郎氏の父君の経営する医院で、四階は患者の入院室であったのだが、父君引退ののち何年か経て、哲郎夫人淑子さんが心療内科を開院されたとき、四階は使用しないので道子夫人に提供されたのである。ワンフロアーのひろびろとした使い易い空間であるのみならず、主治医がすぐそばに居てくれるのだから、願ってもないことであった。

山本ビルに移ってからは、歩行がますますむずかしくなったが、つき添いさえあれば外出は出来、五月にはノーベル賞作家オルバン・パルク氏と対談のため京都行、一〇月には生れ里の宮野河内を訪ねるために天草行といった具合。ただ食事しようとすると、動悸がするとて、食のすすまぬのが最大の問題で、料理人たる私も苦心せねばならなかった。私は二〇〇五年の初頭をもって河合塾福岡校の講師を辞め、その後は彼女の仕事場に日参していたのである。

二〇〇九年四月二八日「I夫人、朝食後吐いたという。一日一日弱ってきて先は長くないといわれる」。五月四日「I夫人具合悪し。例によって暗いことばかりおっしゃる」。五月五日「今日はいくらかよろし。暗いことばかり言って自己暗示をかけるのはやめなければ。夕食後歌をうたっていらっしゃった。敦盛の歌、桜井駅のわかれ等、ソプラノの美しい声。なんだか哀憐の思いにさそわれる」。五月二二日「ホスピスにはいるなどバカなことを言われる」。七月六日「I夫人、足が立たぬとて点滴」。

七月二一日、転倒して左脚のつけ根を骨折し、これが彼女の晩年の転機となった。「山本ビルへ行ったところ、I夫人が倒れたばかり。私が来たと錯覚してドアまで行ったところ、××君がちょうどドアを開けるところで、ぶつかって転んだという。淑子医師すぐ来る。たぶん骨折しているから動かすなとのこと。救急車来て熊大病院整形外科へ」。手術の経過は順調だったが、麻酔の影響か幻覚が出始め、何だかポーッとした感じ。後日本人の話では、額のところが波打ち際で、波音が「弦楽四重奏曲」のように鳴っていたとのこと。それ以後のことは、ひと月余り記憶がないという。

八月六日には山本淑子医師の話あり。右脚の骨も非常に細くなっているので、いつ骨折してもおかしくない、咀嚼と嚥下も困難になって来ており、二四時間介護が必要で、作家活動も終りだろうとのことで暗然となった。しかし、道子夫人の生命力は強くて、この九年後の死に致るまで、口述筆記ではあれ創作活動は続けられた。淑子医師自身もずっと後に「七〇代でパーキンソン病を発症したら、三、四年で寝たきりになるのがふつうなのに、石牟礼さんは強い」と感心なさったのである。彼女がはっきりとパーキンソン病の症状を表わしたのは二〇〇二年のことであり、二〇一八年の最期まで全くの寝たきりにはならなかったのであるから、なみなみならぬ生命力であり、意力であった。

八月二一日に託麻台リハビリテーション病院に転院。九月七日「日毎に元気になられるようで嬉しい。表情も明るい。入院前の精神状態よりよいようだ」。院長の平田好文医師はなかなかの人物で、道子夫人のことをよく理解され、道子さん自身も気が合い、「また仕事ができるところまで回復させる」という平田氏の言葉に大いに力づけられた。平田医師はこののち彼女の最期まで主治医として、実に立派な指導をして下さることになる。なお追記しておくが、彼女の知友角田豊子さんは上水前寺時代から山本ビル時代にかけて、たびたび介護に訪れて下さった。私が大いに助かったことは言うまでもない。記して感謝のしるしとしたい。

一一月二五日、託麻台病院を退院、山本ビルへ帰った。この夜から米満さんを始めとするチームが泊まりこんで下さったが、もうここでの生活は無理なので、福祉生協の中村氏の世話で、一二月四日には黒髪町の老人施設「リデル・ライトホーム」に入居。ここは立田山の麓で環境もよろしく、個室も広く、職員ともすぐ仲よしになられて、ひとまず安心であった。ただ、どんどん荷物を持ちこみ、炊飯釜まで取り寄せるのには米満さんも閉口。二〇一〇年二月二四日「リデル・ライトへ。米満さん来。ご主人と妙子さんも来られた由。なんだか透明なかんじで、私の知るかぎりもっともいい姿になっておられた」。

しかし、リデル・ライトはあくまで介護度の高い人のための施設で、道子夫人のようなショートステイの連続は無理があるとのことで、五月六日には退所して、山本ビルに戻ることになった。山本ビルでの生活はまずまずで、私の食事作りも復活。九月九日には「もう書く力がない。あと能をひとつだけ書きたい。夜が淋しい」と言われた。一〇月一四日には託麻台病院へ入院となった。一二月一〇日退院。約ふた月の入院で、今後彼女は同病院への入退院を周期的に繰り返すことになる。退院後の生活は米満さんを中心に介護態勢もほぼ備った。私の夕食作りも続いた。

二〇一一年の元旦を彼女は山本ビルで迎えた。二〇〇九年までは正月は水俣へ帰っていたのであるが、二〇一〇年にリデル・ライトで新春を迎え、この年も水俣帰りは無理だったのである。それでもこの二〇一一年は彼女にとって小康状態の日々が続いた。米満さんのつき添いでデパートにも出かけていたし、八月には淑子医師から糖尿病がよくなっているとの話もあった。一二月にはNHK録画のため水俣のわが家へ久しぶりに帰った。

二〇一二年も大過なく過ぎたが、(一月二一日に懸案の能台本『沖宮』完成)、八月三〇日から一〇月一日まで、託麻台病院に調整のため入院(三度目)。二〇一三年五月にも同病院に入院したが、これは腰痛のためで、半月ばかりで退院できたのである。なお託麻台リハビリテーション病院は尾ノ上から帯山六丁目、日赤病院の隣りに移転し、彼女が入院したのは、新築になって開院した翌日だった。

退院後七月三〇日には、鶴見和子さんの山百合忌出席のため上京、二泊して帰ったが、以後あまり状態がよくなく、九月一〇日に託麻台病院に入院となった（五回目）。一一月六日「夕刻山本病院へ。淑子さんからI夫人の病状についてかなり深刻な警告を聞かされた。（そのあと託麻台へ）I夫人によると院長から施設に入るようすすめられたそうだ。一時とまっていた体の揺れがまた始まっている。院長の要望で妙子さんと道生君（長男）も呼ばれて同席した由。淑子さんからも最終的に誰が最後までみとるのかと言われたが、私と米満さんがやってゆくしかあるまい」。一一月一二日「I夫人がしょんぼりしているのが何より辛い」。同一四日「I夫人このところ元気なく、何となく浮かぬ顔をしていらっしゃる。心痛む」。同一九日「米満さんの車でI夫人ともども笑楽へゆき昼食。I夫人は全部食べてしまわれた。病院の食事は残すのに。おいしいものならこの人はちゃんとたべるのだ。少し安心した」。同三〇日「夕食の介護をしたが、やはり摂食がかなりむずかしくなって来つつある」。一二月七日も米満さんに連れられて笑楽へゆき完食。

一二月には幻聴が始まっていた。頭の中で「春が来た」のメロディで、「石牟礼道子さん」と歌っているのが聞えるという。しゃべるのが遅くなったし、歌えなくなった。それでも詩は作って『現代詩手帖』に送れていたのだ。二〇一四年一月九日、退院して、平田院長にすすめられていた老人施設「春うらら」（京塚）に入居。入居後も状態はよくなかったけれど、二月二五日に至って服薬拒否して容態が急変。託麻台病院に緊急入院する騒ぎとなった。毒だと言って薬を拒否したのは、あきらかに直前来訪した北海道の鍼灸師の薬が多すぎる、もっと減らすべきだという言動、また東京の知友が見舞いに来て、「あー、これはクスリだ、クスリだ」と何の根拠もない大声を出したことの結果といってよい。この人は医者を代えた方がよい、熊本にはしかじかの名医がいるそうだから、その人に診てもらえ等々、口出しをするのだった。山本淑子医師に問うたところ、I夫人はその人物が名医と称する医師から最初から診断してもらっていたのだ。その医師は淑子医師の恩師で、彼女はその人と相談し、治療方針を立てていたのである。とにかく外部からの介入で、患者が主治医への信頼を失うのが一番よくないというのが彼女の意見だった。

入院後は幻覚がひどかった。三月二〇日、志村ふくみさん、洋子さん、髙山文彦氏とレストランで食事していると、娘より電話。道子夫人から「緊急事態」と二度電話ありとのこと。こちらから電話してみたところ「一一時半に人が襲って来るので、警察に連絡してくれ」と言う。翌日病院へ行き、担当医にたずねると、「幻覚はパーキンソン病の進行によるもので仕方ない。鎮静剤を与えると昼間ぐったりとなるので避けたい。患者の中には一一〇番して、実際に警察がやってくるケースもある」とのこと。しかし、同月二九日には、あっという間に俳句が三句出来た。水準は全く落ちていない。三一日には、いい笑顔で、もういやな幻覚はみなくなったとおっしゃる。

五月二三日、三カ月に及ぶ入院生活を終え、秋津一丁目の老人施設「ユートピア熊本」に入居。ここは看護師も四人おり、しっかりした介護をしてくれる上、雰囲気がとてもよろしかった。この施設については、真宗寺の佐藤薫人住職が教えてくれたのである。結局ここが終焉に到るまで、彼女の終の栖となった。

七月二日には託麻台病院に六回目の入院。肺に水がたまり心機能が衰えているという。四日に平田院長と会う。そんなに重大な症状ではない。「誰が責任を負ってみてゆくのか」

と問われ「私が負います」と答える。仕事の量を減らしてほしいとも言われた。九月一〇日には退院に漕ぎつけたが、平田院長から、先では寝た切りになり食事ものどを通らぬ状態になるという話あり。暗然たり。この九月から、「告発」以来の友人阿南満昭さんが道子夫人の介護チームに参加。援軍来たるの思い。

退院後目立つようになったのは、日に一回から二回ほど、息苦しくなる「発作」が起ることである。臥床していれば一、二時間で収まる。しかし「発作」中は話ができない。また依然として来客が多く、中には自分を売りこむために来訪する者もいて、彼女がそのあと疲れて具合が悪くなることなど考えてもみないらしい。ただ、よろこばしいのは創作の意欲が衰えぬことだった。新聞にエッセイを連載したいと言い出したのは、療養費の心配もあってのことだったかも知れぬが、私は嬉しかった。「朝日新聞」に『魂の秘境から』と題した連載が始まったのは二〇一五年一月。この連載は亡くなるまで続いた。病状ははかばかしくなく、一一月の定期受診では頸部動脈狭窄が心配といわれ、一二月には肺より腎臓の方が心配、塩分控えよといわれた。

一一月二九日にはＮＨＫ録画のため、上江津の斎藤橋近くの散歩道を車椅子で移動。米満さんと私が交々、車椅子を押した。この道は彼女が湖東にいたころ、度々散歩したコースだった。帰りは「笑楽」で昼食。盛り沢山の膳を食べてしまわれた。

二〇一五年一月の託麻台での定期受診では、特に注意もなく、帰りの車の中で「椰子の実」を唱われた。こんなにちゃんと歌が唱えたのは久しぶりのことだった。二月の定期受診で肺が弱っているので、入院してリハビリしたがよいと言われ、三月二日に託麻台病院へ七回目の入院。三週間で退院できた。平田院長は「執筆はよいけれど、料理はやめなさい」と口を酸っぱくして説くのだが、彼女はどこ吹く風。依然として炊きこみご飯など作り、人にたべさせようとする。ユートピアの職員も、転倒の危険ありと心配するのだが、やめさせられない。車椅子から転げ落ちるのもしばしば。幸い大事に至らなかったが、浅くチョコンと尻を乗せ動こうとするのだから落ちる。何度言い聞かせてもダメ。世の中には懲りない人がいるのだ。五月一〇日には坂口恭平さんが「石牟礼道子の音楽」と題するコンサートを開いてくれ、車椅子で出席。挨拶に九重の泣きなが原のことを話され、両手をあげて「みなさんは草です」と言われたのが凄かった。六月一三日「原稿書くのは楽しいかとたずねると、楽しくないと返事。生きていることが楽しくないといわれる」。

石牟礼道子さんと著者（2015年５月11日、吉原洋一撮影）

六月一七日の病院受診で血糖値が高いので、入院したがよいと言われる。翌日は、八回目の託麻台病院入院となった。七月九日平田院長いわく、「発作」はストレスから来る。これから自分はどうなるのかというストレス。執筆は生き甲斐だからした方がよい。この度の入院もストレス対処が眼目。もう老化も進んでおり、年に何回か短期入院して調整するのがよろしい等々。一四日に退院。血糖値はよくなっている。同月三〇日「今日は唄など歌ってわりと元気。ガラシャについて小説を書きたいという。できたらすごいことだ」。八月一一日、託麻台病院で受診。血糖値以下数値がみなよろしく、平田院長が「元気になってよかったじゃないですか、石牟礼さん」と言われた。八月一九日、夫君弘氏重篤とて、米満さんの車でお別れに行かれ、二二日は米満さんつき添いにて新幹線で葬儀に出席。

一〇月二八日、九回目の託麻台病院入院。一一月一日「I夫人おとろえて、口もよくかなわず。文章すらすら出て来ぬ有様を見るのはつらい。しかし、苦労して一篇仕上げると、なかなかの出来になっているのに感心する」。

一一月二二日「朝日原稿四枚半まで。一所懸命口述する彼女を見ていると胸がいたむ。

むかしは何のことはなく自分で書けたのに。口述するとき彼女は子どものようにあどけなくなる」。一一月二三日「朝日原稿仕上る。クロちゃんという女の子の話。この連載掌編小説のごとくして、彼女の最期の仕事として独自なり」。一二月四日退院。

二〇一六年一月一五日「TELで転んで頭を打ったと言われるので心配していたが、元気だった。転んでかえって元気になったとおっしゃる。恭平君の歌（和泉式部の歌に曲をつけたもの）のことを言ったら、ぜひききたいとのこと。朝日の連載、自信あるし続けたいとおっしゃる。今日のようであれば私も安心」。一月一六日「恭平君、ギター抱えて来て、式部の唄うたってくれる。橙書店（オレンジ）の田尻さん同行。二人が帰ったあと、オレンジへ行ってみたいと言われる。かわいそうに。いつか手配して連れてゆかねば」。二月五日「昨夜ひとりでいるとき、自分がどこにいるのか、ここがどこかわからなくなってきた」とおっしゃる。同月九日「朝日原稿口述、たった一枚に大苦労。私はもうI夫人にこの仕事をさせたくない。彼女を苦労させるのがつくづくイヤになった。もっと楽しい時をすごしたい。今日、彼女はドイツ民謡『故郷を離れる歌』を一曲うたう。『園の小百合なでしこ垣根の千草』という奴だ。久しぶりに高い声が出た」。同月一二日「朝日の原稿書いておられた。字もしっかりしている。発作も起らぬ由。きのう息子さんと妹さんに会えたからか。自分の手で原稿が書けるのも久しぶりのこと」。

四月から読売新聞西部版に、毎月一句俳句を出すことになった。担当の右田記者が道子夫人の談話を聞き取って、句につける。この仕事は朝日のそれと並んで、彼女の最後の仕事となった。四月六日は熊日の企画で福祉タクシーを備い水俣行。担当は飛松佐和子記者。これが彼女の最後の水俣行きとなった。

四月一四夜地震。翌日夜本震。ユートピアの彼女の部屋もむろんめちゃくちゃになった訳だが、彼女がどんなふうに対処したのか、私自身が大変だったのでよくわからない。あとでたずねても本人の記憶というか意識が混乱していて、正確なところがわからないのである。とにかく一五日の昼間、阿南さんがユートピアへ行ってくれたのだが、彼女の部屋も惨状とのこと。私はとても行けるような状態ではなかったので、電話してみたところ、しっかりしておられた。もともとこの人は非常事態に強く、何があっても落ち着き払っている人なのだ。本震のあとまた電話してみると、部屋は使いものにならず別室にいるらしく、託麻台病院へ入院の予定という。

一七日になって阿南さんの車でユートピアへ行ってみると、社長さんだけがいて、入居者は全部病院に移し施設は閉鎖状態という。すぐ託麻台病院へ廻ると、着のみ着のままで何ももたず入院しておられた。ユートピアにとって返し、めちゃくちゃになっている彼女の部屋から何とか財布だけ見つけ出して届けた。阿南さんや私に出来るのはここまで。何しろ自宅がめちゃくちゃなのである。ところが、彼女の朝日の連載の担当者上原記者から、石牟礼さんに救援物資を届けたい、何が必要かと電話あり、その夜一二時半に石牟礼用の下着から老眼鏡まで、その他大量の救援物資をタクシーで届けてくれた。全くこの上原という人の善意には驚嘆した。翌一八日、阿南君の車で託麻台病院へ。私の古いカーディガンや長袖シャツも、当分の用に立つよう届けた。「I夫人、なんだかキョトンとしていた」。四月一九日「飛松さんが車で来てくれ、I夫人に追加の品とどける。飛松さん、I夫人の下着の着替えしてくれる。地震以来、昼間は発作が起らないそうだ。不思議なもの。私より元気なのかも知れぬ」。二〇日には阿南さん以下数名でユートピアの彼女の部屋を片づけ、再び入居できるようにしてくれた。二七日、退院。ユートピアへ帰る。ここの職員の働きも目覚しく、わが家も大変だったろうに、わずか二週間足らずで施設を復旧再開してくれたのだ。

六月一日には、熊日の浪床さんの車で、震源の益城町を見に行ったが、町の入口で惨状に気分悪くなり、発作起こす。この日橙書店の田尻久子さん同行。九月に入って微熱が続き、なかなかとれない。朝日連載の口述もなかなか困難になって来た。相変らず、インタビュー、録画、対談の申しこみひきも切らず、それだけでも疲れるはずなのだが、一方、それに応ずるのが嬉しくもあったろう。この頃しきりに車椅子から落ちた。浅くちょこんと尻の先を乗せて動くので落ちるのだが、何度言い聞かせてもダメ。そして出される食事には手をつけず、自分で料理を作ろうとする。一〇月七日「ヘルパーいわく『やせてしまって、少しは体力をつけないととおっしゃって、料理しようとして転ばれました。目の前に昼食が出ているのに全然手をつけず、夕食を自分で用意しようというのはおかしいです。昼食をたべてもらいたい』。全くその通り。しかし、そういうふつうの理屈が通る人ではない。あと私がひきとり、昼食をたべさせる。私もたべてみたが、とてもよく出来ていておいしい。それを三分の一ほどしかたべない」。

一〇月二四日、第一一回目の託麻台病院入院。三〇日「I夫人よりまた不可解なTE

L。私の家にデンワがかからない。かかっても『吉田さんは居られません』という由。一体どんな意味なのか。『吉田さんはいない』と答えがあるということは『吉田さんはおられますか』とたずねたということだろう。なぜ私にTELして『吉田さんはいますか』とたずねるのだ。一体吉田さんって誰だ。それは彼女の旧姓である。怪談としか言いようがない。先日の財布の一件といい、まともにきくとこちらのアタマまでおかしくなる。意識レベルがかなり低下している。たぶん入院で環境が変ったからだろうが、問題はこのような論理的に全く筋の通らない話は、以前、健康なころからしばしばあったということだ。要するにAは非Aにあらずという論理学の第一歩が通用せず、Aであると同時に非Aであることが可能なのだ。この人の思考では」。一一月二二日、退院。

二〇一七年、朝日の原稿がいよいよ困難になって来た。あれだけの仕事をして来たのだから、もう無理をせずにゆったりと暮してもいいはず。だが、それを言うと「バカにされた。まだ書けます」と言う。私はただ、彼女が苦闘するのが見るに忍びないだけなのに。この数年、インタビュー、対談等の申し入れが増え、その度に調整が大変であった。発作が起ると中止せざるをえないのだから、日程は二日とってもらうようにしていた。部屋は狭いから、同行の編集者、カメラマン等、入室は最小限に絞ってもらう。私はその間、一階の応接テーブルで待つ。何しろ声も小さくなり言葉もあまり出なくなっているので、うまく行っているやら心配。そのうちドヤドヤと取材一行が降りて来る。「どうでした?」と聞くと、「いやあ、すばらしかったです。感動しました」というのが判を捺したような答えだった。その度、私は彼女がシャーマンであり教祖であり、かつ役者であることを痛感せざるをえなかった。

三月一一日、彼女の九〇歳の誕生祝いを下江津湖畔のレストランで開き、一六名が出席。これが彼女の最後の外食となった。三月一四日、託麻台病院に第一二回目の入院。一六日「I夫人、三階の個室なり。不自由ないかたずねると、『不自由ばかり』とおっしゃる」。二二日「米満さんのTELによれば、I夫人、上原君に百円ショップに連れてゆけ等、例の『わがまま』発揮中という。とすれば、そんな元気はあるわけだ」。朝日連載の方は三月から私は手を引き、上原記者に任せることにした。上原記者とは気が合い、それにこの人大変な才能で、彼女の切れ切れの話をなんとかまとめてしまうらしかった。四月六日、退院。「ユートピアに帰れて嬉しいとおっしゃる。横になられてすぐねむられた。

するときわめて嬉しそうな笑顔になり、笑い声も洩らされる。何の夢なのか」。

四月二七日「ユートピアの社長の娘さんより相談あり。I夫人容態悪く、亡くなってもおかしくない時もあるという。来客がなくよく休めたときは調子よろしという。面会をこちらの判断で制限してよろしいかとおたずね。ぜひともそうしてほしいと答う。とにかく××氏が問題で、面会時間を短くしてくれと頼んでも、無視して一日中居るという」。まったく病人の見舞いというのはむずかしい。特にわざわざ遠くから来てくれる人の好意はむげに出来ない。見舞う方は自分の善意を信じているわけだが、やはりその人のわきまえが物を言う。「見舞い」の結果は全部実際の介護者の肩にかかってくるのだ。見舞うだけで、つき添って介護するわけでもないのだから。中には見舞いだか、自分の売りこみだかわらぬような人物もいる。

五月一九日「臥床しておられた。そばについていると、『いまが一番しあわせ』と言われる。そしてしきりに、二人で買物にゆこうとか、食事にゆこうと言われる。『平家』少し読んであげる」。八月一日、朝食後意識うすれて、託麻台病院へ緊急入院（第一三回目）。翌二日朝、ひとりでトイレへ行こうとして転倒、右脚大腿部を骨折。三日平田院長より、手術可能かどうかは赤十字病院でしか判断できぬとのこと、手術可能な場合は術後リハビリも含め三カ月ほど入院、不可能の場合は放置するしかなく寝たきりになろうとのこと。即日日赤病院に転院。日赤の担当医は手術は可能と言い、彼女自身も「死んでもいいから手術を受ける」との意向だった。日赤では、点滴の管を引き抜こうとして騒動。七日、手術うまく行く。一〇日託麻台病院へ帰る。九月九日、自作の狂言「なごりが原」の上演(野村萬斎)を、米満さん、浪床さんにつき添われ観劇(県立劇場)。しかし発作が起り、最後までは見られなかった。この介護タクシー代、坂口恭平さんが負担なさった。九月一四日「体重やっと三〇キロまで回復した由。看護師によれば、食事もほぼ全部たべるという」。一〇月一九日、退院。

一〇月二八日、肺炎起していて日赤病院へ緊急入院。肺炎は誤嚥性のものならんという。熱が下がらぬなか、一一月九日には、病院側の許可を受け、NHK「アナザ・ワールド」の録画に応じた。同月一七日、託麻台病院に転院(第一四回目の同院入院)。二〇一八年一月一六日退院。二月五日、平田院長より『この一週間が峠、のどに痰が詰まり息が苦しいのはパーキンソン末期の症状』と申し渡しあり、この日から酸素吸入の措置。翌六日、私がユートピアを訪ねたときは、看護師に介護されて昼食をとりおえたところ、しかし、苦しそうですぐ臥床。

二月八日「ユートピア小田氏よりTEL。I夫人、今日中に亡くなってもおかしくない状態という。浪床さん来。彼女の車で、梨佐も同行し、ユートピアへ。I夫人、もの言わぬものの顔色はよろし。こちらの言うことは聞える。看護師たびたび去痰。飛松君今日は休みとて、ずっと付き添ってくれる。磯さんも来。今日中妙子さんいらして、夜も病室に泊まりこむ由。女性たちに囲まれ、I夫人安らかな表情なり。この一週間が峠というは、余命一週間という意味だったのか。いずれにせよ来るところまで来た。夕刻いったん帰宅。一〇時、米満さん、いよいよ臨終近しとのことで車で迎えに来らる。梨佐と行く。息あらく、もう小生も弁ぜぬごとし。妙子さん、金刺夫人、つきそう。ユートピアのお嬢さん、小田さんも。朝日の上原、毎日の米本、読売の右田、熊日の浪床、飛松。ユートピアの意向で、記者たちは一応ひきとってもらう。私と梨佐も一一時半、ひとまず帰宅。安らかな表情をされていた。一時四五分、米本、右田両君来。梨佐が下のマンションへ案内、両君夜泊、なおI夫人、息が少し楽になった様子という」。

二月九日「起きぬけ妙子さんにTEL。容態変わらぬという。道生君の到着二時ごろになる由。方々にTEL。午後ユートピアへ。平田医師来。I夫人の状態変わらぬのに、『つよい!』と感嘆。三時半、道生君来。ユートピア側の申入れにより、上原、右田、米本、飛松、浪床の諸君、一応ひきとってもらう。帰宅後、松下君来宅。夜ユートピアへいき、真宗寺での身内の葬儀について相談。米満さん来て下さっていた」

逝かれたのは一〇日未明三時すぎ。道生さん、妙子さん、ひとみさん(姪)、大津円さんの四人が看とられた。ずっと昏睡状態だったのが、最後に眼をぱちりと開き、涙が一滴こぼれて、それが臨終だった由。私は最期を看とれずとも後悔はなかった。もう心中何度も別れを告げていた。私のつれあいは臨終の際たいそう苦しみ、それに立ち合ったつらさは今も忘れがたい。道子さんは息は多少荒かったものの、苦痛を訴えることはなく、いわば安らかに逝かれた。それが彼女の私への最後の贈りものだったのだ。私自身は今の病状であとまだ数年は生きておられるものと考えていた。このように早く最後が来ようとは思ってもいなかったのである。彼女は亡くなる二週間前の一月二六日、上原記者に朝日連載の二月分の口述を終えていた。一月二〇日にも、読売の右田記者に二月分の俳句を渡していた。すなわちこの人は死の直前まで現役の創作者だったのだ。

最後に米満公美子、阿南満昭のおふた方には深謝したい。この二人の力ぞえがなければ、私はとうてい彼女のお世話を全うすることはできなかった。山本淑子医師、平田好文医師のご厚意、ご指導も特記しておかねばならぬ。さらに、いちいちお名前は挙げないが、彼女に好意を寄せられ、いろいろと働いて下さった多くの方々にも、故人になり替って御礼申し上げたい。

事実を伝えるために

前号（「魂うつれ」七三号）の石牟礼道生氏の文中、「私が高校を卒業しこれからという頃に母は家を出た」とあるが、これは道生氏の思い違いでまったく事実に反する。道生氏は「私と父は母から捨てられました」と以前書かれたことがあったが、そういう氏の思いにはむろん切実な根拠はあろうものの、この表現にも私は困ったものだと思った。かつて水俣病問題で水俣市内が騒然となった折、日吉フミ子「水俣病市民会議」会長は、チッソ派市民グループから新聞折りこみビラで、「夫を捨てた女」と誹謗された。道生氏は石牟礼道子氏に「夫と子を捨てた女」とさらに加重されたレッテルを張りたいのであろうか。

捨てた捨てられたはともかく、私は事実関係についてだけ書きたい。石牟礼道子氏のたったひとりの子の言葉は、当然今後の研究者・伝記作家の重んじるところとなるだろうし、その影響は計り知れないので、最低、事実を正しく伝えて置きたい。なお、今回の道生氏の発言の事実関係の誤りについて道生氏に手紙を書き、道生氏から「家を出た」と書いた根拠を述べた返事をいただいている。その返事中の同氏の主張も紹介しつつ、事実を明らかにする。

道生氏は「母が東京の森の家に向う前夜、三人だけの家族にとってまさに崩壊の危機であると当時の私は強烈な衝撃を受けました。『言葉の通じない』水俣から『言葉の通じる』熊本へ行くと宣言する母親と父親は互いに激しい主張の果てに『俺の立場はどうなる』と敗北宣言を口にした朴訥で人の好い父親はやるせない気持ちで『好きにすればよい』と送り出しました」と、私宛の手紙で述べておられる。

文中「熊本」とあるのは誤記であろう。いうまでもなく「森の家」とは、橋本憲三・高群逸枝の住いで（逸枝はすでに逝去）、場所は東京世田谷にある。彼女は東京が「言葉の通じる場所」と思っていたとは到底考えられない。しかし、東京を熊本と誤記する道生氏には、この三年のちに始まる「水俣病闘争」において、本田啓吉、宮澤信雄、半田隆、松岡洋之助それに私などと信頼関係を築いて行った母の姿が混入しているのかも知れない。しかし「森の家」行き前夜の時点では、彼女にはまだ熊本の知人とては、高濱幸敏氏らの県庁グループ、『熊本年鑑』の畠田真一氏、それに私くらいしか知り合いは居なかった。熊本の短歌結社『南風』との縁はほとんど切れていた。しかも、高濱グループへの不信は、このたび『現代思想・石牟礼道子特集号』にのせられた昭和三〇年代末頃の一文でも明らかである。なお、高濱グループとはともに『サークル村』に参加した縁（高濱氏は谷川雁と五高以来の親友）があり、畠田氏は『熊本年鑑』の主宰者で、同誌に彼女の『西南役伝説』の一部を掲載するなど、彼女の後援者だった。

彼女の「森の家」行については『日記』が残されており、『全集』第一七巻に収録されている。出発は六月三十日。前日は水俣の橋本静子氏（憲三氏の妹）宅に挨拶に行き、日記に「『うちのセンセイ』をつれて行ったのはひとまず進行したといえる」とあるのは、前引の道生氏の記述するトラブルを踏まえている。「うちのセンセイ」とは彼女が『愛情論』以来用いる表現で、むろん夫・弘氏のことである。水俣の自宅へ帰ったのは十一月二五日だった（日記によれば、七月一二日に一時水俣に帰っているが、再度東京に出た時日については記載がない。この一時帰水は盆行事のためではなかったか）。

なお日記中には五度道生君の名が出てくる。「道生への手紙、よく考えて書く。婚約したという。道生十八歳。昔なら二十歳か。大学卒業したら結婚するという。いやはやしかし、びっくりした。彼の純情をほめて激励の手紙」。「道生にどうしても逢いたし。泣けてくる」。「道生の手紙また読む」。「道生どうしているかしら」。「道生に逢いたし。東京に受験に来るのかしら」。

道生氏の手紙の続きにはこうある。「半歳ほどを過ぎて『森の家』から帰って来た母は『住民票を水俣から熊本市内に移す』と言い出しました。四十歳を過ぎた父が一人暮しを余儀なくされる宣告を受けました。当時の母の行動を承諾した父にその心境を聞くことなど私には到底出来ませんでした。仕事場として熊本で暮した事の延長として水俣へ帰って来ていました。それほど父と凡庸な私にとって『森の家』以前と以後の出来事は大きな事件でございました」。

この記述には、どうしようもない事実誤認と記憶の混乱がある。森の家から帰ってからの出来事というのは、昭和四一年の暮から翌四二年の初めにかけてのことだろうと推察されるが、道生氏が住民票を移す云々と書いているのは、実は離婚の申し出だったのである。これはその二、三年のちのことだが、本人から私が聞いている。『森の家日記』を読めば、彼女が当時、いかに高揚した気分の中に生きていたか、惰性的な結婚生活から抜け出して、ひとりの女性として自立したかったか、そしてどんなに強く自活して勉強し作品を書く生活を希求していたか、明白と言わねばならない。結婚生活への疑いは、すでに昭和三十年代後半に書かれた数々の文章に表白されていた。

だが、この離婚申し出は道生氏の一言で崩れ去ったのである。「道生が、それではお父さんがかわいそうというので、断念した」。そうはっきり私は本人から聞いている。道生氏は「その衝動と決意は父も私も到底とめられることではなかった」と記すが、事実は彼の一言が離婚を阻止したのである。

実際のところ、道生氏が阻止してくれてさいわいだった。熊本市で働くったって、古い言葉だが女給くらいしか仕事はなかろう。林芙美子という先輩もいることだし、女給でもなんでもやる気だったが、キャバレーの入口に「麗人募集」と張り紙があったので諦めたとは本人の思い出話。実際熊本市で働きつつ書く生活にはいったら、悲惨なことになっていただろう。寛容な夫のもとで、妻の位相に収まりきれぬままに、夜な夜な書いている方がよかったのだ。

とにかく彼女は「家を出」てなどいないのである。彼女は水俣市猿郷のお父さんが建てて下さった家に、道生氏が昭和四二年春に名古屋の大学に進学したあと、ずっと夫君・弘氏と暮らしていたのである。これは彼女の知人・友人がみな知っていることである。隣りには彼女の両親が暮す家があり、妹・妙子さんも帰郷して彼女の手伝いをするようになっていた。もともと猿郷は彼女がずっと育ったところで、弘氏は入り婿のような存在だった。熊本市に出て来るのは年に二、三度にすぎなかった。

考えてもみよ。彼女が弘氏と別れずにずっと水俣で暮していたからこそ、昭和四三年、地元の友人たちと「水俣病対策市民会議」を結成できたのである。裁判が始まってから、熊本にしばしば出かけることになり、しかもそれは『苦海浄土』出版後のことで、注文原稿書きのため数日続けて滞在することもあったが、それもみな旅館泊り。安い旅館さがしにみな協力したものである。

猿郷の彼女と弘氏の家は運動の中心となり、私もふくめ熊本の『告発』のメンバーもしじゅう泊めてもらい、母堂ハルノさんの世話になっていた。土本さんたちの映画撮影班が来水すると、猿郷の家は彼らの拠点のひとつとなった。土本氏だけではない。文人、学者、ジャーナリストたちはみな、こぞって猿郷詣でをしたのである。彼女が「家を出」て不在なら、こんなことが起こったはずがないではないか。

前引の文章でも明らかなように道生氏の記憶では、昭和四二年初頭の離婚騒ぎが熊本市の彼女の仕事場開設と直結してしまっている。彼女が熊本市に仕事場を作ったのは、昭和四八年五月の水俣病訴訟の判決ののちのことなのである。離婚騒ぎの六年あとのことだ。

しかも、仕事場を持ったのは「家を出」たことではなかった。仕事場は薬園町、健軍、湖東、上水前寺と転々としたが、彼女は月に二、三度は水俣の家と往復しており、月の三分の二が熊本の仕事場、三分の一が水俣の自宅といった配分だった。水俣の家にはちゃんと彼女の仕事部屋も書庫もあったのである。何よりも「不知火海総合調査団」「不知火海百年の会」「本願の会」などの活動が、水俣の家を拠点として続々と行われ、彼女は夫君とともに活動の中心にあった。「家を出た」のではない。水俣猿郷の家は最後まで彼女の活動拠点であった。でなければ特に調査団の活動は成り立っていなかった。

京塚の山本ビル、さらには老人施設「ユートピア」時代となると、パーキンソン病悪化のため、水俣へ帰る頻度が減り、ついには介護タクシーによるしか帰水が不可能になったが、それでも彼女には、水俣のわが家と縁を切る考えはなかった。

以上は、伝記上の事実を正確に伝えるために書いた。若き道生氏に、母がどんどん遠ざかるという思いがあったのは致しかたもないことだった。昭和四五年、厚生省の一室を占拠した騒ぎのあと、道生氏が母上に呼ばれて東京へやって来た。名古屋の大学でバンドか何かやっていて、マキシコート姿がまるでミュージシャンのように恰好よかった。「告発する会」は各大学に出来ていたけれど、道生氏は水俣病の運動に関わらなかった。ひとつのもっともな、しかし覚悟もいる選択だったと思う。

道生氏の思いを尊重する点で、私は人後に落ちたくはない。しかし、事実は事実である。思いは抜きにして、事実は正確に認識してほしい。道生君の発言は研究者や伝記作者にとっては、見逃すことのできぬ証言である。しかし事実と全くことなる記述が、何よりもひとり息子の証言として後世伝えられることを思うと、私の心は真暗になる。

あとがき

石牟礼道子さんが亡くなってまだ半歳をすぎたばかりなのに、故人とともにあった歳月は遠く飛び失せて、私は見知らぬ生の入口に、はいりかたもわからず佇んでいる、どうせ残余の生ではあるものの。昭和初期「アタシこの頃変なのよ」という流行り唄があったと思うが、まさしくそんな感じだ。

亡くなったあと追悼文も到底書く気にならなかった。精神的というより肉体的に苦痛だった。ただ『現代思想』の特集には、念を押しておきたいことがあったのでひと言書いたし、黒田杏子さんの句誌にも、故人がひとかたならずご好意にあずかった方であるので、ひと言書かぬ訳には行かなかった。また、故人が長年パーキンソン病と闘った経緯についても、報告の義務があるので、日記を読み返す苦業を貫いて、何とか書きあげることができた。また故人のひとりっ子の道生氏の発言について、事実関係を明らかにする一文も書かねばならなかった。以上はみな仕方がないから書いたのである。

しかし、『椿の海の記』『十六夜橋』『春の城』についての論考はよろこびをもって書いた。とくに『十六夜橋』『春の城』については、前著『もうひとつのこの世・石牟礼道子の宇宙』の「あとがき」で約束していたことであったし、いつか果すつもりでいたが、いざ取りかかってみると、「変なのよ」気分が吹っ飛んでしまう。何よりも故人の作品の力がそうさせる。『椿の海の記』を読み返してみたのもよかった。隅々まで知悉しているつもりでいたこの作品が、まったく新しいものとして私の前に立ち現われた。今になって改めて思う、偉大なる才能なりしかな、その仕事をいささかなりと支えられし幸わせよ。故人は創作者以外の何者でもなかった。もう、それだけでよい。

この本に収めた文章はもともと『もうひとつのこの世・石牟礼道子の宇宙』の増補版に収録するつもりであった。増補版を出すことは前著の「あとがき」でも予告していた。しかし、これだけの分量なら、前著とは独立の一冊の著書にした方がよいと版元弦書房の小野静男さんが言われる。その仰せに従うとともに、副題に「石牟礼道子の宇宙　Ⅱ」を添えることにした。
故人は晩年になって正当な評価に恵まれたし没後はさらに評価・論究が進むに違いない。その点、私は安心している。私自身については、この一冊でほぼ私見を尽した。あとはもうお任せしたい。故人は万人の石牟礼道子である。

二〇一八年九月一〇日

著者識

初出一覧

1

脱線とグズり泣き　「藍生」二〇一六年一一月号
石牟礼文学の多面性　二〇一四年七月二〇日、第一回石牟礼大学（「現代詩手帖」二〇一四年一〇月号）
『椿の海の記』讃　書きおろし（二〇一八年七月）
『十六夜橋』評釈　書きおろし（二〇一八年七月）
『春の城』評釈　書きおろし（二〇一八年八月）
『沖宮』の謎　二〇一八年七月一四日、熊日ホールにて講演
書評『不知火おとめ』　「週刊エコノミスト」二〇一五年三月一〇日号
書評『「苦海浄土」論』　「週刊エコノミスト」二〇一四年一一月一八日号
書評『潮の日録』　「週刊現代」一九七五年二月一三日号

2

誤解を解く　「現代思想・総特集石牟礼道子」（青土社、二〇一八年五月臨時増刊号）

カワイソウニ　「藍生」二〇一八年六月号

石牟礼道子闘病記　「アルテリ」六号（二〇一八年八月号）

事実を伝えるために　「魂うつれ」七四号（二〇一八年八月号）

〈著者略歴〉

渡辺京二（わたなべ・きょうじ）

一九三〇年、京都市生まれ。熊本市在住。日本近代史家。

主な著書『北一輝』（毎日出版文化賞、朝日新聞社）、『評伝宮崎滔天』（書肆心水）、『神風連とその時代』『なぜいま人類史か』『日本近世の起源』（以上、洋泉社）、『逝きし世の面影』（和辻哲郎文化賞、平凡社）、『新編・荒野に立つ虹』『近代をどう超えるか』『もうひとつのこの世——石牟礼道子の宇宙』『死民と日常——私の水俣病闘争』『未踏の野を過ぎて』『万象の訪れ——わが思索』（以上、弦書房）、『黒船前夜——ロシア・アイヌ・日本の三国志』（大佛次郎賞、洋泉社）、『維新の夢』『民衆という幻像』（以上、ちくま学芸文庫）、『細部にやどる夢——私と西洋文学』（石風社）、『幻影の明治——名もなき人びとの肖像』（平凡社）、『バテレンの世紀』（新潮社）、『原発とジャングル』（晶文社）など。

預言（よげん）の哀（かな）しみ
——石牟礼道子の宇宙 Ⅱ

二〇一八年十一月三十日発行

著　者　渡辺京二
発行者　小野静男
発行所　株式会社 弦書房
〒810-0041
福岡市中央区大名二—二—四三
ELK大名ビル三〇一
電　話　〇九二・七二六・九八八五
FAX　〇九二・七二六・九八八六

印刷・製本　シナノ書籍印刷株式会社

ISBN978-4-86329-182-9 C0095

江戸という幻景

渡辺京二　人びとが残した記録・日記・紀行文の精査から浮かび上がるのびやかな江戸人の心性。近代への内省を促す幻景がここにある。西洋人の見聞録を基に江戸の日本を再現した『逝きし世の面影』著者の評論集。〈四六判・２６４頁〉**【8刷】** ２４００円

近代をどう超えるか
渡辺京二対談集

江戸文明からグローバリズムまで、知の最前線の７人と現代が直面する課題を徹底討論。近代を超える様々な可能性を模索する。**【対談者】** 榊原英資、中野三敏、大嶋仁、有馬学、岩岡中正、武田修志、森崎茂〈四六判・２０８頁〉**【2刷】** １８００円

死民と日常
私の水俣病闘争

渡辺京二　昭和44年、いかなる支援も受けられず孤立した患者家族らと立ち上がり、〈闘争〉を支援することに徹した著者による初の闘争論集。患者たちはチッソに対して何を求めたのか。市民運動とは一線を画した〈闘争〉の本質を改めて語る。〈四六判・２８８頁〉２３００円

8のテーマで読む水俣病

高峰武　これから知りたい人のための入門書。水俣病の全体像をつかむための手がかりとして〈8のテーマ〉を設定、ポイントになる用語はわかりやすく解説。近代史を理解するうえで避けては通れない水俣病問題を理解するための一冊。〈A５判・２３６頁〉２０００円

魂の道行き
石牟礼道子から始まる新しい近代

岩岡中正　近代化が進んでいく中で、壊されてきた共同性（人と人の絆、人と自然の調和、心と体の交流）をどうすれば取りもどせるか。思想家としての石牟礼道子のことばを糸口に、もうひとつのあるべき新しい近代への道を模索する。〈B６判・１５２頁〉１７００円

＊表示価格は税別